007（第二辑）典藏系列

The Diamond Smugglers

生死时刻

伊恩·弗莱明 ◎ 著
于小宝 雪 雁 ◎ 译

时代出版传媒股份有限公司
安徽文艺出版社

图书在版编目（CIP）数据

生死时刻/（英）伊恩·弗莱明(Ian Fleming)著；于小宝，雪雁译. —合肥：安徽文艺出版社，2018.1
（007典藏系列）
ISBN 978-7-5396-6079-0

Ⅰ．①生… Ⅱ．①伊… ②于… ③雪… Ⅲ．①长篇小说－英国－现代 Ⅳ．①I561.45

中国版本图书馆CIP数据核字(2017)第103661号

出 版 人：朱寒冬	合作策划：原典纪文化
责任编辑：姜婧婧	装帧设计：张诚鑫

出版发行：时代出版传媒股份有限公司　www.press-mart.com
　　　　　安徽文艺出版社　www.awpub.com
地　　址：合肥市翡翠路1118号　邮政编码：230071
营 销 部：(0551)63533889
印　　制：安徽联众印刷有限公司　(0551)65661327

开本：880×1230　1/32　印张：6.375　字数：170千字
版次：2018年1月第1版　2018年1月第1次印刷
定价：25.00元

（如发现印装质量问题，影响阅读，请与出版社联系调换）

版权所有，侵权必究

007

Ian Fleming
伊恩·弗莱明

1953 年，正在牙买加太阳酒店度蜜月的伊恩·弗莱明百无聊赖地坐在打字机边，他的脑子里在酝酿"一部终结所有间谍小说的间谍小说"——这部小说的主角就是通俗文学世界里最为人知晓、商业电影范围内生命最长的詹姆斯·邦德。

和其笔下的 007 一样，弗莱明的现实生活中也充满了炮弹味和香水味，和詹姆斯·邦德有的一拼。弗莱明 1908 年出生在英国。他的性情却和英国的传统教育格格不入，1921 年，在著名的伊顿公学念书的弗莱明因为行为不端而被开除。1926 年，他在家庭的安排下进入了桑德赫斯特军校，弗莱明再次因为酗酒和斗殴，提前结束了自己在军校的生活。1931 年，他进入了著名的路透社，成为了一名专门报道间谍案件的记者。1933 年，他回到了英国，做了一个银行职员，百无聊赖的生活让弗莱明忍无可忍，好在二战的到来为弗莱明赢得了"换种活法"的机会——战争让弗莱明变成了邦德。

1939 年 5 月，弗莱明成为英国皇家海军情报局中尉，因工作出色，弗莱明深得局长约翰·戈弗雷海军上将的赏识，后者以作风强硬著名，是 007 的老板——M 的原型。弗莱明曾多次陪同戈弗雷上将去美国与联邦调查局局长胡佛会晤，交流情报，并作为戈弗雷上将的助理直接领导代号为 30AU 的间谍部队。这是一个由间谍精英组成的小分队，队员个个身怀绝技，从神枪手、化装师、武器专家到解密高手、间谍美女，一应俱全。他们的主要任务是帮助纳粹占领国的高级官员逃亡以及窃取德军重要档案。

第一次行动,弗莱明率领 30AU 来到葡萄牙的卡斯卡伊斯,策划阿尔巴尼亚国王索古从德国、意大利占领区潜逃。他设想的营救计划是这样的:清晨,在国王寓所门前,两名清洁工(由英国特工扮演)出现了,严密监视国王寓所的德国卫兵问了两句,就让他们进了门。待了一会儿,两个清洁工(已是国王夫妇扮演)再次出现,拖着垃圾袋正向大门走来。这时,事先安排好的一场车祸准时在街对面发生,德国卫兵赶紧召集人手灭火救人。一个蒙太奇镜头:两个"高贵的清洁工"登上垃圾车渐渐远去。待德国人发现国王夫妇失踪时,国王夫妇已化装成葡萄牙人搭乘一艘意大利游轮安全抵达卡斯卡伊斯。结果,整个行动与伊恩·弗莱明的策划一样顺利,犹如他在执导拍摄一部 007 电影。

二战期间,弗莱明与"疯狂比尔"——美国战略情报局局长威廉姆·多诺万将军关系密切。1941 年,多诺万计划成立新的情报机关,要弗莱明策划一个蓝图。弗莱明为他撰写的计划共 72 页,描述了一个完美特工应具备的特质,"年龄在 40 岁到 50 岁,经过特工训练,拥有出色的观察、分析、评价能力,完美的判断力,能随时保持头脑清醒,对情报事业有献身精神,并有广博的生活经历"。这和詹姆斯·邦德的形象几乎一致。1947 年中情局正式成立,很大程度上借鉴了"邦德标准"。弗莱明毫不掩饰得意之情,向多个朋友吹嘘"我创造了中央情报局"。

1945 年 11 月 4 日,弗莱明离开了海军情报局,戈弗雷上将对他做出了闪光的评语:"他的热情、才能和见识都是无与伦比的,他对海军情报局的战时发展和组织活动做出了巨大贡献。"

自《皇家赌场》大卖之后,弗莱明就成了一架被烟草和酒精驱动的写作机器,在他人生最后的 12 年里,一共写了 14 本 007 小说。在弗莱明生前,他的 007 系列小说就销出了 4000 万册,迄今为止,该系列小说在世界各地的销售量已超过 1 亿册。

1964 年 8 月 12 日,56 岁的弗莱明由于心脏病发作倒在儿子的生日宴会上。

几十年过去了,那些曾经试图抛弃他的"贵族们"早已烟消云散,他所留下的作品却享誉全球,妇孺皆知。在全世界,无数的人在阅读 007 小说或观看 007 电影,以此向这位传奇人物表达敬意和缅怀之情。

目 录
Contents

勇破钻石党 / 1

八爪鱼 / 114

生死时刻 / 150

一位女士的财产 / 174

The diamond smugglers

勇破钻石党

前　言

　　去祖鲁兰①圣卢西亚河口湾度假、钓鱼、看比赛，是我向往已久的事情。我住在约翰内斯堡，那天我刚刚锁好前门，准备驱车450英里去海边度假，正要钻进汽车时，一个身穿灰色制服的邮递员骑着自行车给我送来一封电报。我很不想理会这封电报，沉吟之际，发现是伊恩·弗莱明发来的。在我各种职业生涯里，弗莱明的神秘消息往往会给我带来一段愉快的经历，其实最主要是，打开看一眼

---

　　①　祖鲁兰：位于南非纳塔尔省东北部，指南非境内班图语系祖鲁人集中居住区，重要的蔗糖产区。祖鲁兰是音译，即祖鲁人的国家。

也不会妨碍我去祖鲁兰的旅行。所以我停下脚步,展开那封电报,弗莱明只不过是想知道未来几天里我人在哪儿,以便能联系到我。我给他回了封电报:"祖鲁兰圣卢西亚酒店,每天晚上都在。"不想再听他多说什么,我带着鱼竿就上路了。

事实上,后面这一路上我都不断地跟邮递员打交道,弗莱明的电报一封接一封地从伦敦发到圣卢西亚、丹吉尔①来——最后我按他电报里安排的那样,跟他在丹吉尔碰头。一到丹吉尔明萨酒店,就有门童拿着纸条笑脸相迎,这张便条我仍然留着(从小受到的教育使我养成了保留一切便笺的习惯,哪怕根本无关紧要的纸片):

欢迎光临!我在52号房间,到了后请给我打电话,我们一起喝一杯。你能到这儿来真好。

伊恩·弗莱明

这开场看来挺不错啊,没有令我失望。接下来十多天我都跟弗莱明在一起,经历了很多惊险刺激的事情。

他这人不拘小节,这是我喜欢他的原因之一。在丹吉尔,有几个英国人的小圈子,圈子的人都熟知他。有时受他们邀请去参加各式午餐或晚宴聚会,自然他会带我同去,我的"采访"就是从这里开始的,在那种场合下我遇见很多极有性格魅力的人,现在我要借此

---

① 丹吉尔:摩洛哥北部港口城市,该国最大旅游中心。

机会道歉,他们都是很有修养的人士,只不过当时提的一些问题令人尴尬,我当时对他们没说实话。

在明萨酒店,刚开始我们都还保持着彬彬有礼的正式礼节,很快这种客套就被现实的讨论所取代,我们对这本书的形式和尺度进行了讨论。刚开始我还试图简要解释一下,尽管如何讲述故事完全取决于我的人意志,我还是想确定一下在安全保密方面的问题以及考虑到可能会出现的反对意见,我们发行的版本是否有足够的自由度。身为前海军情报人员,伊恩·弗莱明完全同意将一些比较尖锐的批评观点折中一下说得更委婉一点,而将一些令人关注的名字和细节予以保留,结果也的确如此安排。我个人情愿自己写的故事不要冒犯他人,但恶棍除外;这一点,我认为已经达到效果。我随身携带了一个私人日记本,很长时间以来,只要有空闲的时候我都会把我个人的大事小情都记录下来。这本日记从某种程度上来说对弗莱明很有帮助,他把这些日记上的内容和我个人的记忆碎片巧妙地组织在一起,完整地打造了一个连贯的故事。

与丹吉尔的这场意想不到的会面,源于1953年12月,珀西·斯利托先生作为MI5(军情五处)①的领导光荣退休。他要我跟他

---

① MI5(军情五处):即英国国家安全局,MI是英文Military Intelligence(军事情报)的缩写,军情五处是其国内反间谍部门,负责了解英国本土正在发生的事情,想出对策加以阻止。相应的还有个军情六处(MI6),是向外国派遣间谍的部门,负责收集海外情报,007即属这个部门。

一起做事,跟我讲了眼下的事。他当时正在伊斯特本①悠闲度假,雷金纳德·利珀的一封来信打扰了他的平静,利珀是前英国大使,那时是戴比尔斯统一矿业公司伦敦委员会的会长,至今仍在其位。信中说欧内斯特·奥本海默②先生问珀西先生是否对某件事感兴趣,他有个提议想向珀西先生陈述并帮助他完成,希望有机会能向珀西先生当面提出来。

"这件事"原来是指猖獗的非法钻石交易,欧内斯特·奥本海默先生希望珀西先生牵头建立一个组织打击非法交易。

谁会对这样的事情不感兴趣?珀西先生立刻飞往位于开普敦海边的梅森堡③,欧内斯特正在那儿度假消夏。

珀西先生立刻被欧内斯特·奥本海默先生的人格魅力和敏锐的思想所折服——他不明白为什么这样一个人却从未出过任何人物传记:1902年他作为小钻石公司的代表被派驻金伯利,一生的商业经历从此处开始,不到五十岁时,便建成了集钻石、黄金、煤炭、铜等的开采与销售于一体的商业帝国,业务范围遍及全世界。

当时珀西先生除了知道钻石是镶在订婚戒指上的以外,对钻石

---

① 伊斯特本:英国英格兰东南部港口城市,一个原始维多利亚式的度假区,有长达6公里的海滩,以海边酒店及周边带来的旅游收入为主取赢利。

② 欧内斯特·奥本海默:当时世界最大的钻石开采和销售商戴比尔斯公司的总裁。

③ 梅森堡:南非最受欢迎的沿海小镇,是一个位于大海与高山之间的著名海滨度假胜地,有长达2公里米沙质优良的海滩。

4

行业可以说是一窍不通，欧内斯特先生对他的无知表示宽容。他跟珀西先生解释从开矿到钻石销售的基本流程，以及在他看来钻石地下流失的几种可能性。然后建议珀西先生找人对整个非洲大陆的钻石矿产做个调查，再回约翰内斯堡，汇报一下在整个商业链的生产环节末梢如何堵住钻石跑冒滴漏。

珀西先生同意了。1954年3月，他带着精心挑选的两个团队出发了。六个星期的行程，考察了阿克拉（加纳首都）、阿奎特儿、弗里敦（塞拉利昂的首都）、延盖马（塞拉利昂中东部城市）、利奥波德维尔（刚果首都）、柴卡帕、巴宽加（刚果城市姆布吉马伊旧称）、卢卢阿布尔（刚果城市）、栋多（安格拉城市）、伊丽莎白维尔（刚果城市卢本巴希旧称）、卢绍托（坦桑尼亚城市）、达累斯萨拉姆（坦桑尼亚首都）、姆瓦杜伊（坦桑尼亚北部矿区）、卢萨卡（赞比亚首都）、索尔兹伯里（津巴布韦首都）、比勒陀利亚（南非首都）、约翰内斯堡（南非最大城市）——一场行程下来令我非常吃惊，欧内斯特先生以66岁的年纪，仍在努力经营他的事业，没有中途退出。

很不巧有人向新闻界走漏了消息，珀西先生认为拜访下他的老朋友司法部长斯沃特先生以及少将J. A. 布林克（也是南非警察局局长）比较好，私密地告诉他们他此行的任务。他向他们保证，无论在任何情况下，未经警察局局长的同意，他不会在南非雇用任何特工或线人。他还争取想拜见雷德梅耶准将，当时的CID（英国刑事调查局）领导，是他在南非警察局内部一手创建了钻石侦探科，总部设在金伯利。很不巧他那时在休假。南非报纸上说，雷德梅耶准将对外界推荐的各种事情或所谓的活动很挑剔，报纸上的评论对珀西先生很不利,恰似一道逐客令,所以他没有去拜访准将。但我必须得说,后来当IDSO(我们的自称,国际钻石安全组织)全面开始运作的时候,我们发现雷德梅耶准将态度最合作、对我们帮助最大,特别是当他战胜布林克少将当选为警察局局长以后。经过六个星期的对钻石矿业的考察历程,珀西先生说,成千上万颗钻石闪得他眼花缭乱。在视察各地矿产的时候,所到之处的矿主都把形形色色的钻石摆出来给他看,小如豌豆、大如胡桃的,各种尺寸的都有。他开始领教钻石那邪魅的魔力,每一颗宝石都散发着冰冷的光芒,却魅力无限。实物虽小,价值连城,这注定了罪恶乃至谋杀会永远如影随形。珀西先生说看过了钻石从加工完毕到寄往伦敦的戴梦德公司对外销售的过程,他很惊讶于每年被盗窃、走私、非法开采所流失的数量总计,与他们给他的数据相比,差额并没有超过数百万元。珀西先生连同我们所有人都禁不住对这家公司的各位管理人员表示肃然起敬,他们每天经手的宝石价值是他们一年薪水上百倍都不止。

珀西先生的计划得到实现后,他飞回伦敦组建团队邀我入伙,这就是三年后的我之所以会在丹吉尔与伊恩·弗莱明会面的原因。我在丹吉尔的时光之美好,就像刚咽下一服苦药后得到了一块巧克力作为奖励一样,只不过这种奖励是意料之中,而丹吉尔于我是意料之外。为ISO(国际钻石安全组织)工作,工作并不好玩儿,唯一的奖赏是珀西·斯利托先生的满意。要他表示满意很不容易,但在我们着手开展一项重要任务时,他会时不时地传递一些信号来鼓励我们。这类任务包括:一,在矿区增强安保措施;二,准确查找流失欧洲、中东及铁幕国家的主要渠道。

这两项任务中后一项任务难度更大，但至少我们有一个优势能够采取一种打击方法——收买走私团伙成员，而警方在这方面就比较吃亏，他们没那么多的钱这么做。我们在利比里亚和罗德西亚秘密收买的卧底并未达到预期目的，比如直接给某些人定罪，但确实打入了至今仍隐身的走私集团，暴露了他们的整个走私网络。

过去警察系统在打击IDB（非法钻石交易）问题上，主要依靠"钓鱼执法"，一旦锁定的嫌疑人出现，便衣警察会去邀请他购买"警方"的钻石。到了关键时刻，嫌疑人会落入警方的陷阱，于是被捕。整个操作过程中，情报必须是真实的，没有一丝疏漏。

由来已久的"钓鱼执法"，在南非这样的国家无疑起到了阻止非法钻石交易的作用，但在诉讼过程中警方难免因设置圈套而受到法官的严格考证。因此，1953年9月，在西南非洲的高级法庭上，法官克拉森斯先生在裁决一对姓夫洛克的父子无罪时，说圈套有两种，一种是诱惑那些已被怀疑正在从事钻石买卖的人群，另一种是诱导无辜的人去买卖非法钻石，而正常情况下他们本不会做这种事。他判定这个案例属后一种情况，这会额外加剧被诱骗者的犯罪导向以致成为被告。该法官说："这些案例，近乎警察或法庭设置'仙人跳'骗局。"我们IDSO（国际钻石安全组织）很认同这种观点，不管在何种任务中几乎都不考虑这种"钓鱼"的做法。

在IDSO短暂的生命期内，IDSO与大多数警方的关系，特别是在非洲那些英国殖民地区和英联邦保护地区，是极为融洽的。这些警察队伍中，大部分人手头上的案子有比非法钻石交易更严重的，但仍然深受后者的困扰,塞拉利昂警方面临的状况无疑是其中最严重的。我们跟警察局长比利·希尔、CID 的首脑伯纳德·尼伦合作得非常好,珀西先生乃至我们下面的员工,都深深地感激他们的友好态度。

正如我们不久前才看到的,有些国家贫困交加,境况离良好差着十万八千里,即便如此,这些国家也在逐渐推行 IDSO 推荐的各种提高安全防范的措施。塞拉利昂政府许可了钻石公司在国内沼泽丛林地带盛产钻石的地区设立采购岗位,彻底改变了钻石开采和交易的合法化和商业化基础。现在基本问题已经直接转化成了一场介于钻石公司和非法钻石交易双方的商业战争。无论哪一方赢得这场战争都将获得商机与数以千计的合法非洲矿工。IDB 的有利条件是其确定产品价格无须考虑出口关税,在某些情况下,他们背后有铁幕国家给予的无限的资金支持;钻石公司有另一方面的优势,他们有政府的官方支持,价格稳定。我希望这一次,政府能采取有效的措施遏制住利比里亚边界的走私情况。

虽然已经有很大一部分非法贸易转向钻石公司的官方渠道,但商业战争是不可能在一个月或一年内说停就停的。

伊恩·弗莱明描述了塞拉利昂钻石公司如何在菲利普·欧内斯特的领导下,投入巨大的精力和热情着手开展工作的。塞拉利昂政府决心同时清除并阻止那些依靠塞拉利昂发达起来的邻近法属领地里过来的非法移民。同样地,成千上万的叙利亚人及过去充当中间商的欧洲人,如果他们还想继续在塞拉利昂生活或游玩的话,必须越出合法与非法的中间地带,遵守法律合法经商。塞拉利昂政府官员近日发布公告,一名经销商私自向钻石公司出售了价值8万英镑的钻石,并向非法买家出售了价值24万英镑的钻石。这个人因此声名狼藉,很遗憾,他像其他许多人一样,暂时将被限制活动。

对这本书我要以两句总的评论收尾:

首先,伊恩·弗莱明运用写实的文学手法,塑造了一个IDSO最重要的、无所不知的行家,人物独特、具有鲜明的个人特色。但有一点我要说清楚,国际钻石安全组织是一个团队,它的成功应归功于珀西·斯利托以及这个组织全体。

其次,首先我要承认我们的工作远未完成,今天世界各地仍然散布着猖獗的犯罪活动,那些人借着从非洲私运出去的钻石积累了财富,过着光鲜体面的生活,背地里却从事犯罪活动。

这些人或会听说这本书,出于担心或虚荣,他们会买来一阅,看看里面内容是否涉及揭露自己的活动或者自己的名字是否被提及。

对这些远非正常读者的人我要说一句忠告的话,他们的名字最没可能出现在位于伦敦或约翰内斯堡的IDSO的文件中;并且,尽管IDSO本身已经解散,但国际钻石安全不是一个短期的工作,它是警察和海关人员的一项永久工作职责。

约翰·布莱兹

第一章 百万克拉的走私网络

如果你写间谍惊悚小说,你很可能对邮包格外敏感。1957年4

月的一天,我刚写完一封回信,对方是一位徒手格斗的行家,他信封上写的地址是墨西哥城,我在信中表示要感谢一位智利粉丝,这时电话响了。

来电的是我的一位朋友,他说话的语气听起来神秘兮兮的:"你还记得斯利托先生着手的工作吗?那好,那项工作业已完成,该项目负责人想要把个中详情讲给你听。他看了你的书,特别是那本关于钻石走私的,感觉很有趣,他认为你可以写写他的故事。他准备把一切都讲给你听,姓名、时间、地点均不隐瞒。我听说过其中一些事情,着实精彩。但你必须去非洲见他——可能在非洲的丹吉尔。你现在能出门吗?"

珀西·斯利托先生所干的工作我大致知道一点儿。他从军情五处领导位置上退下来以后,戴比尔斯公司聘请他来打击钻石走私生意。过去几年里,我不时地从刊物上看到他来来去去的消息。那些非法交易似乎给钻石公司每年带来的损失超过1000万英镑。这个匿名特工真的能把他的经历讲出来,那我这个复活节假期的确值得牺牲一下。我问了一两个问题:如果披露这些内幕戴比尔斯公司会否赞同?假如他们不赞同,把这段经历公之于众他们会否出于保密原因而反对?这位朋友认为他们不会反对什么,于是我说我会去。

朋友给了我那个人的名字——约翰·布莱兹——这是他的化名之一,以及他的电话号码,难以相信居然是祖鲁兰的号码。

The diamond smugglers

接下来的一周我跟好几个人见了面,有一位是来自苏格兰场①的博闻广记的朋友;还在会所里跟一位来自安特卫普的温和的矮个男子会了面;还收到了布莱兹从祖鲁兰发来的一连串电报。我试过打电话给他,他说他不在家,在外面拍摄白犀牛,这又给了我一个匪夷所思的印象。然后我乘法航飞机飞往丹吉尔明萨酒店等他,一直等到这个月的30号,约翰·布莱兹与我联系。

关于布莱兹,我查到了他的很多个人资料,从公立学校、牛津大学、律师资格考试协会、财政部律师办公室都可以找到他的信息。战争爆发后他以平民身份参军加入郡县编制,之后他接到调令,被派往军事情报处,在那儿他表现得极为出色,履职结束时已官至陆军中校。战争结束后他受邀到军情五处工作,他所在的团队后来破获福克斯案。此后他集中精力于打入共产党地下活动——这是一份难以上手,有时甚至比较危险的工作,经常需要全世界出差。1954年,珀西·斯利托先生,这个公认的天赋极高的男人,以高薪吸引他离职为钻石公司工作。

从那以后,有三年时光,布莱兹在南非隐居下来。由此开始,他执行的行动在贝鲁特、丹吉尔、安特卫普、巴黎、柏林甚至莫斯科各地声名鹊起。现在他的任务完成了,主要漏洞已经堵住,各漏网之

---

① 苏格兰场,是英国首都伦敦警察厅的代称,苏格兰场本身既不位于苏格兰,也不负责苏格兰的警备,而位于伦敦的威斯敏斯特市,离上议院约200码,是英国首都大伦敦地区的警察机关,苏格兰场总部警务处位于旧苏格兰王室宫殿的遗迹,因而得名。

鱼终获逮捕，布莱兹终于可以走出隐身之处，回到阳光下生活。

布莱兹按时到场了，他来到我在明萨酒店的房间里和我见面。

他那时大约40岁，穿着海外英国人常穿的制服，灰绿色粗花呢大衣、灰色法兰绒裤子、深蓝色手织毛衣、平淡无奇的领带，出奇的是一件质地精良的白色丝质衬衣，后来他说这件衬衣在他24岁时就有了。这一身打扮不显眼，但整个人外表俊朗充满魅力。他有一头黑发，夹杂着点点呈灰色的白发；一双蓝灰色的眼睛透着敏锐、幽默，偶尔在某个角落精光四射；他笑起来时给人感觉很温暖；声音很平和，带着稍许犹豫。他讲话一直显出带着谦虚的权威，无论我何时打断他的话题，他都会仔细地思量一下才回答。

当他翻阅自己的笔记时，脑袋向前伸着，背微弓而灵敏，娴熟的双手快速翻阅着一页页笔记——很像一位大学教师或者科学家。一旦他在房间里走动，整个人看起来就像一个板球在追随球拍，显得快乐、自信、大胆。

他是英国人口中那种典型的"顽强的英雄"，我一下就喜欢上了这个人。

他抵达的时候满脸疲惫——那种疲倦不只是舟车劳顿带来的劳累，同时还透着一丝腼腆。他一直紧张于在丹吉尔被认出来，我们一起工作的那一个星期里，他坚持要在一些稀奇古怪的地方见面，并且每次约的时间也各不一样。然后才放下包袱向我讲述他的经历，边讲边翻看他那凌乱的笔记以确定时间以及当时的实际情况。

他讲完以后，我要把这些经历写下来，然后他要对我写的内容进行审核。这项工作其实很不轻松,但我们都乐在其中。

布莱兹不抽烟。我们第一次见面的时候,各种试探。他站在窗口看外面,越过明萨酒店那著名的花园,丛丛玫瑰和木槿之外,能看见低矮、杂乱的原住民区。他迟疑良久,花了些时间才进入叙事状态。我提了几个问题,引导他说话的思路,这才把整个故事讲下来。

"1954年初,有一天我那快退休的老上级,邀请我到他的办公区共进午餐,饭桌上他问我是否愿意离开军情处,加入一个追踪钻石走私的团队,戴比尔斯愿意出高额薪水并负担全部费用。我早已厌倦了日复一日的例行公事,不管怎么说,对三十多快四十出头的男人来说正是换工作的好时机。斯利托一直是个值得你为他工作的好人,他照顾手下,总把一切都安排妥帖。而我也曾听说过戴比尔斯以及奥本海默,都是有实力的公司和可靠的人。

"我连续失眠了好几个晚上,是去是留难以决断。虽然新工作令人热血沸腾,但没有做公务员那么简单、安稳,做那份工作就相当于重返战场。思之再三,我决定加入。就这样,1954年8月,我乘船来到约翰内斯堡。

"关于钻石的背景知识就不消得全说了,只要抓住几个基本事实,你就能理解在过去的年代这种非法勾当是怎么开始兴起的,之后又是怎么盛行起来的。一次偶然的机会,一个当地小孩儿在矿区捡到一块石头,他把它含在嘴里,没有把它扔回传送带上,而是带出了矿区。传说非法钻石就是这么开始的。"

"你开始从事这项工作的时候,交易规模有多大?"

布莱兹耸耸肩说:"每年约1000万英镑,误差在100万上下吧。那一年,国际刑警组织秘书长公布,仅南非一国就有价值1000万的钻石被偷运出境,而且这还只是其中之一的来源。但对整个'行业'来说他这个数据就差远了。

"就我个人而言,我不能断言某个具体的数字,整个行业的走私活动在不断扩大。顺便插一句,戴比尔斯钻石王国的创始人塞西尔·罗兹,1890年兼并了金伯利钻石矿业,目标是控制金刚石储量,建立一个共同的营销系统,以便各家矿业不会互相压价。这个想法是为了给钻石市场建设一套世界统一的价格体系——垄断价格。实际上,就跟我们听说过的其他行业:汽车轮胎、电灯泡、电视显像管等等刚开始出现时都曾价格昂贵是一样的道理。因此他们建立了一个统一的采购与销售组织,就是著名的'钻石辛迪加'。从世纪之交开始,一直到系列优质的新金刚石矿被探查出来,他们运作得都很顺利。"

布莱兹查了下他的笔记,说:

"1902年他们发现了普雷米尔金刚石矿,世界第一大钻石'库里南钻石',其他一些著名钻石就出自这里。接着:1908年在西南非洲发现了金刚石冲积矿;1913年在刚果发现沉积矿;1916年在葡属安哥拉发现矿床;1919在加纳黄金海岸发现工业用金刚石矿;1926年在南非利克田堡;1927年在西南非洲纳马球夸兰等地相继发现了各种金刚石矿藏;1930年塞拉利昂又发现了最大的矿床;最后，1940年在非洲东部坦桑尼亚的坦噶尼喀①发现了著名的威廉姆森矿山。

"这些矿藏一被发现，便令罗兹的销售组织非常紧张，钻石辛迪加差不多要崩塌了。我上面列的一长串清单中，陆续发现的金刚石矿刚到一半的位置时，人们几乎就在一夜之间对钻石市场失去了信心，都认为钻石不再是稀有物品。钻石价格暴跌，各矿业公司竞相压价，钻石行业险些破产。但具有远见卓识的戴比尔斯公司，再次挺身而出采取措施对整个行业进行干预，制止了疯狂波动的钻石行情。该公司果断认定整个行业联手比各家单打独斗有希望。他们再次联合起来，老罗兹钻石辛迪加重新组建起来。

各自为营的恶果给所有钻石行业的人上了一课，上述清单中下半部分新发现的那些矿藏及其所属公司均加入了统一战线，只有一个叫威廉姆森的人拒不从众，此人一度非常醒目，他个性坚决、独立，也是一个很值得书写的人物——但最终他也妥协了，加入了行业的统一阵营。现在全世界开采的钻石总量的90%都是通过戴比尔斯的子公司推向市场的，这家子公司名为钻石贸易公司，即众所周知的伦敦钻石公司。这家公司稳固如布鲁钻石，是伦敦最大的经纪公司。该公司为英国赚取了大量美元，这也是为什么，你会看得到我继续写这本书，没有遇到任何阻碍，因为只要我们需要，就能获

---

① 坦噶尼喀：坦桑尼亚的一部分，在非洲东部，濒印度洋，原为德、英殖民地，1961年独立，1964年同桑给巴尔组成坦桑尼亚联合共和国。

得这个国家最高层的支持。"

布莱兹往回翻阅他的笔记本,他说:"我记的有,这些全都是跟伦敦钻石公司签订了销售合同的公司:

葡属西非
安哥拉钻石公司

黄金海岸
统一非洲精品托拉斯有限公司

赛拉利昂
赛拉利昂精品托拉斯有限公司

法属赤道非洲
矿山开采与研究 Guiniéenne 公司

比属刚果(法语)
刚果森林与矿山国际公司及 Beceka 矿业公司

坦噶尼喀
威廉姆森钻石有限公司

当然,从钻石协会及西南非洲的几家公司纳入戴比尔斯麾下之时,这是一道分水岭。工业用金刚石的机械设备都差不多,而宝石的截然相反。这些设备均为约翰内斯堡的工业经销商有限公司所掌控,该公司也是戴比尔斯集团旗下的子公司。

"没错,所以整个钻石行业看起来就是一幅整齐划一的垄断图景。即使没有钻石行业的飞速发展,即使没有全世界每个国家为对冲通货膨胀而对宝石产生的巨大需求,这个行业也会是一派垄断。说到工业用金刚石,这种金刚石多为机械工具上所用,有些国家,特别是美国、苏联由于军备竞赛也会收购工业金刚石作为储备。因此金刚石的黑市价格在过去十年里一路飙升,冒任何风险去偷去抢都值得。"布莱兹冷笑着说,"尤其是钻石价格在不断攀升,那些针对非法走私行为判刑的案件却并未相应上升,今天这种走私猖獗的情况跟罗兹在金伯利开第一家店之时相比没有任何改观。

"政府机构在处理合法钻石交易上没有给予任何讨价还价的余地。钻石公司每个月推出'热点',吸引了相当数量的经纪人,他们一手买一手卖——每个'热点'他们肯花 300 万英镑甚至更多,整个交易就跟证券交易所一样公开。但对每家诚信经营的商家,钻石公司都会将其纳入核准名单,名单上没有的两三家则是路人皆知的接受走私钻石或是向铁幕国家出售钻石的不法商家。

"钻石公司把他们打入黑名单,他们就在安特卫普、贝鲁特等地建立自己的组织,他们支付跟钻石公司一样的价格,有时甚至更高,同时为涌入的钻石寻找销路。他们大量接收偷来的钻石,与他们合作经营生意的很多国家对此并不介意,只要他们交了税、有进口许可证等等,就可以畅通无阻。

"总之,对钻石感兴趣的各个国家间都相互戒备,美国也不除外,因为伦敦在金刚石市场有垄断地位。

"正如我前面所说,金刚石交易量非常大,价值非常高。以1953年为例,就在我签约进入这一行之前,合法金刚石的销售额为6000万英镑。现在大约在7000万英镑。但黑市随之水涨船高,戴比尔斯不得不努力遏制它,一则须服务于跟钻石公司有业务往来的各个国家和公司;二则作为商业运营的公司,天生须与竞争对手相抗衡,这不完全是你想象的那样偶然发生的;再三,作为一种爱国责任,阻止铁幕下的军火走私交易,因为工业钻石是军备竞赛的主要资源之一。

"所以你看,有关人士已经付出了很多努力,阻止恶魔偷偷地拿一颗钻石含在嘴里,转而卖给约堡①的当铺挣得一些英镑。今天,从事非法钻石交易的人从可恶的小偷或者更有可能是从有身份的欧洲官员手中购买钻石,他们有把握能将自己手中的钻石卖个好价钱。你只要想想,纯蓝白抛光的宝石从1929年的每克拉70英镑涨到如今的每克拉230英镑。

"这使得钻石买卖成为一项极其值得投机的生意。我记得斯利托对我说过,他问欧内斯特·奥本海默的第一个问题是:'你想让我走多远?'你看,每个人都可以通过正当渠道赚取财富,直到商人们每个月瞄准时机,点头签下支票。不管你薪水高低,都可以成为一把好手,抓住机会捡到钱,逮准机会一次赚2万英镑甚至10万英镑都有可能,就算你被抓住,判刑很轻。"

---

① 约堡:是约翰内斯堡的简称。

"但是肯定会有某种手段来制止这种事情——比如各种各样的安全检查、X 光之类?"

布莱兹苦笑,他说:"你可以这样想,但当我们开始进行这项工作的时候,很诧异地发现极少有白人通过安检。我猜想可能要求白人做安检会被认为是对他们的不尊重吧。现在这种情况大有改观,但你会惊异即使用 X 光检查也会遇到阻碍。

"你想啊,你不能对他人连续进行 X 光照射,即使是黑人也不能一次又一次地照。就算矿方安装了伽马射线,比方说在金伯利这样的地方,大多数欧洲矿工每天回家,如果每次离开矿上的时候都用 X 光照一下,他们会像苍蝇一样死掉。你所能做的就是随时抽查,让那些人以为你带了 X 光机透视他们,而很多时候并没有。

"我们想了几个好办法。首先我们向戴比尔斯的医务处建议,现在的 X 光机功能已经开发得非常强大,根本无须发射大量伽马射线,就足以显示出隐藏的宝石。该公司最好的医生,凡·布罗米斯坦以及伯特,去了美国和荷兰考察,发现有一种设备设计得允许人体可以接受每周两次的照射强度。他们决定推进这件事。

"然后我去找了一个老朋友,他在哈韦尔安全部门工作,我问他是否可以通过无线放射器透视钻石,然后用盖革计数器[①]进行跟

[①] 盖革计数器:一种专门探测电离辐射(α 粒子、β 粒子、γ 射线和 X 射线)强度的计数仪器,德国物理学家盖革和米勒 1928 年发明,是核物理学和粒子物理学中不可缺少的探测器,至今仍然是实验室中敏锐的"眼睛"。

踪。他咨询了原子科学家,对方说无线放射器是纯碳元素制成的,不能透视钻石。幸运的是,约堡的钻石研究实验室一直在研究这个方向,他们发明了一种给钻石做标记的办法,通过无线发射放射性元素给钻石打印迹,这样就给钻石植上标志,区分出哪些是地下非法渠道的,哪些是工厂原产的,进而可以判断物主是否是诚实经营的商人。当天产品会在分类遴选室中打上标记,如果有人捡了一颗钻石偷偷私藏,在经过进出大门时,盖革计数器会发出报警声音。

"把你识别出来,"布莱兹冷静地耸耸肩说道,"这些秘密装置对付有色人种的工人最有用,让他们觉着这近乎是白人的魔法。但这种方法之所以有效,就像通过直升机时不时在整个大矿区上空飞一圈,机上设置一台电视摄像机,把工厂的各个方位无声地如实记录下来。这种举措对小人物有威慑力,但防不住大人物。大人物可以让自己的飞机在丛林地带着陆——甚至可以派蛙人从附近的河流潜水过来。

"警察和劫匪之间的斗智斗勇是常态。如今的走私团伙规模很大,也很有钱,就跟明面儿上的矿业公司出钱收购合法钻石一样,他们花得起大价钱去收购那些非法钻石。"

"但这些大人物都是些什么人?我仍然没搞明白,每年上千万英镑的走私钻石,那真是相当大手笔的运作,究竟是从哪儿进来的又如何流出的呢?"

"我来跟你讲讲我们遭遇的那些人。关于走私渠道,"布莱兹说,他翻了翻笔记本,"这里我们画了一幅地图,显示了通往世界各地的主要路线。这只能给你一个粗略的概念,也只是整个故事的一部分,按图索骥,我会把其中的门道全告诉你。"他拿了一支铅笔戳在那幅图上,从一个地方画向另一个地方。

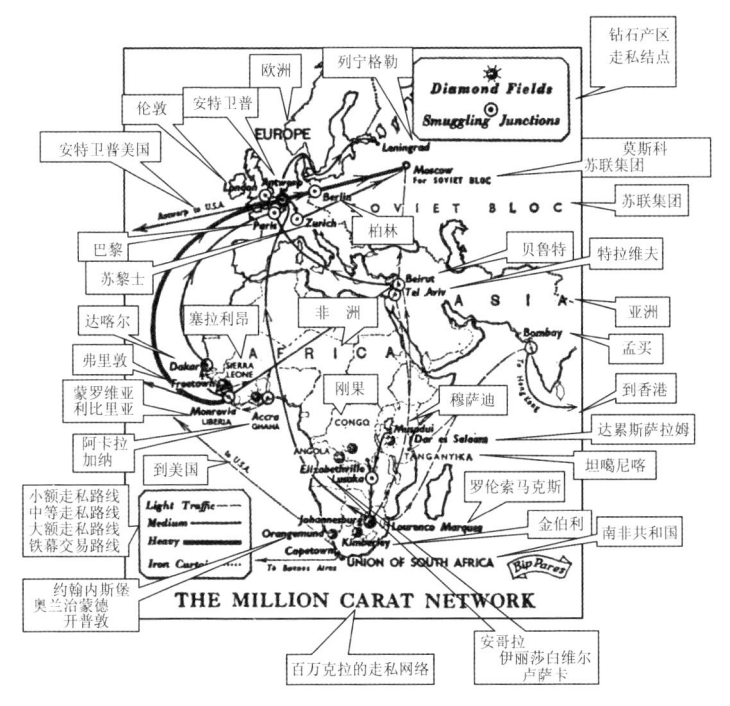

"我们到达约堡的第一件事就是建立一个情报网,打入这个线路遍及全世界的地下网络,假以时日我们逐渐掌握了所有的走私结点。"布莱兹笑道,"我们力求隐身,但……"他递给我一张从《兰德每日邮报》上剪下来的皱巴巴的卡通画,上面用讽刺的笔法描绘了珀西先生在南非度假的情形,"上报纸这种事对我们没有好处。毕竟,约翰内斯堡将是我们的总部所在地,我们要在金伯利、弗里敦、

安特卫普、巴黎以及伦敦建立分支机构。除了珀西·斯利托先生和我自己,我们另外还有6名特工。你不能公开他们的姓名,但我可以告诉你他们都是英国人,在情报机关和安全部门有一流的背景,全都是个中好手。

"我们组建了一个快乐的团队,也是一支过硬的队伍。我们自称为IDSO——国际钻石安全组织。我们中有一位很不错的姑娘打理各类档案及所有我们需要的材料。我们偶尔也带枪,因为不带武器有时是一种愚蠢的行为,但实际上枪从未派上用场,事实证明我们从未有过人员伤亡,除了偶尔小恙发烧。我们有各自专用的代码,我们发现使用超越标准电报系统的全速率模式比自建电台要好得多。

"我们很大程度上凭借了当地力量,各矿业公司自己配备的安保人员给我们提供了很大帮助,当然,英国的、外国殖民地的警察局也给予了各种支持,不过在求助他们之前,斯利托会确保提前通过白厅①联系。在南非,无论任何形式涉及钻石的犯罪,都由南非警察局的钻石侦探部处理,该部门也尽其所能地为我们提供了帮助。但南非之外的情形就是另外一回事儿了,当我深刻了解了个中缘由时,我就不再奇怪为何欧内斯特·奥本海默决定要组建自己的情报网络,并指定由斯利托先生来领导。

---

① 白厅:是英国伦敦市内的一条街,连接议会大厦和唐宁街。在这条街及其附近有国防部、外交部、内政部、海军部等一些英国政府机关设在这里,因此人们用"白厅"作为英国行政部门的代称。

The diamond smugglers

"我们组建这个组织并没有花太长时间,系统从1954年底开始运行,到今年春天我们的工作完成后解散。"

第二章　钻石海滩

那天晚上我一直在想布莱兹这个人,不知道他为何会决定讲出他的故事。一般特工都受过专门训练、严格保守秘密,他们一般不会抛掉这个习惯,这就是为什么真正的间谍故事比较罕见。就我个人而言,从未看过一种公开印刷的版本是完全真实的。即使虚构小说类,真正好的间谍文学也微乎其微,偶有相关题材,也往往充满夸张,且逃不脱文学写作的窠臼:"开始——中间——结尾。"好的间谍故事不应该这么写,它应该有一个未知的结局,不然会充满令人绝望的单调乏味。作家很多,只有萨默塞特·毛姆①、格雷厄姆·格林②、埃里克·安布勒③这三位曾捕捉到特勤机关光鲜背后阴郁、灰暗的一面吧。

---

① 威廉·萨默塞特·毛姆:1874—1965,英国现代小说家、剧作家,作品常以冷静、客观乃至挑剔的态度审视人生,基调超然,带讽刺和怜悯意味,在国内外拥有大量读者。

② 格雷厄姆·格林:1904—1991,英国作家、剧作家、文学评论家,因小说《斯坦布尔列车》而声名鹊起,一生著作丰富,多部作品被改编成电影,获奖无数。

③ 埃里克·安布勒:1909—1998,英国间谍和犯罪小说家,多描写平常英国人因偶然机会或好奇而被迫陷入危险后重生的故事,不屈服的现实主义是其作品的特色。

好好休息了一夜,布莱兹眼角眉梢的紧张感不见了。他略显踌躇地提议我们换个地方碰面,他说:"我想,既然到丹吉尔来了,就尽可能多地看看这里的风土人情吧。"

于是我们去了城里最大的一家咖啡馆——巴黎咖啡馆。来自地中海上空的东风凛冽地吹着,天气寒冷而阴沉。我们坐在咖啡馆内的一个角落里,点了两份浓咖啡,小口啜着,然后说着说着就忘了手中咖啡的存在。

我开门见山地问他为什么愿意把自己的经历告诉我,上面对此事是否有安全保密方面的反对意见。

布莱兹显然对此早已深思熟虑过,他简明而着重地说了以下几点理由:

钻石走私的信息不属国家机密法的范畴,因此不涉及安全保密问题,要说安全,可能会关系到许多恶棍的人身安全。在布莱兹看来,钻石走私可能是世界各地最大的非法勾当,将之暴露在光天化日之下才符合公共利益。公之于众是对抗这些人的武器,并且他们团队采用的方法还未被他人使用过,公开后必然会帮助南非和其他警察力量进一步获得信息源。最后一点,国际钻石安全组织的运作方式是一种比较好的模式,没有什么为什么,很多重要得多的战时机密都已经披露了,人们关心的应该不只是分享他们的荣誉。

布莱兹列举的原因对我来说很实在,他只是陈述事实,而且显然毫无保留。

我转换了话题,回到我们之前提及的内容,问他走私人员都是些什么人物。

"走私者,"布莱兹说,"有各种各样的人。最危险的一个是一名有身份地位的矿区欧洲官员,他曾自己下海经商。此前从没有过犯罪记录,但突然之间他脑子里生出一个挥之不去的念头,比如银行里多出5万英镑,也许是拥有一辆凯迪拉克,又或是在巴黎交一名女朋友诸如此类的想法。直到某一天,白天他还是个诚实坦荡的君子,但到了夜深人静时分,百感交集,左思右想,他突然下决心当一回坏人。

"钻石交易中最非比寻常的一点是,无须进行难度多大的私运或盗窃行为,回报却极为丰厚,你甚至可以用自己的身体偷藏一颗钻石,就足以令你一生富有,而一旦被抓受到的惩罚却非常轻微。当然,如果被抓住,会名誉不保,且在警察局留下案底,所以这个念头永远不值得推崇。现如今,如果留下案底,不仅在你自己的国家、你被抓获的国家有记录,而且国际刑警组织也会查到你的记录,那会是一件很讨厌的事,除非你能为自己买一个新的身份和护照,在某个像这样的地方……"布莱兹冲着窗外挥挥手。

"在卡斯巴原住民区有一个地方,只要有需求你就能从那儿拿到新证件,只消花50英镑就能弄一本英国护照,20英镑买一本美国护照。美国人,指的是美国军人和商务船员那类人,他们的护照简直就是一堆钱,哪怕身上一无所有,凭这本护照也能带他们回家。要想回到正常生活,你可以找一位外科医生对你的脸动动刀子,但即使是假护照也需时时更新,整个产业环环相扣,相当诡异。但隐身人无处不在,躲避警察,躲避自己的老婆,或是逃避他们以为很重要、实际上并非如此的童年犯罪。如果你走在一座大城市的街头,每个小时都有可能与一个逃亡者擦肩而过。"

布莱兹停顿了一下,若有所思道:"举个例子,我很想知道,有个叫蒂姆·帕特森的人,到底经历了什么事情。我之所以叫他蒂姆·帕特森,是因为据大家所说,他是个颇令人喜爱的小伙子,只是没能抵制住巨大诱惑。他的真实姓名对你来说无所谓,我要做的最后一件事是揭开一个人过去的经历,与他的面相做比较,看是否会留下痕迹,除非他是个根深蒂固的恶棍。蒂姆·帕特森当然不是那一种。他此时一定在哪儿开始新的生活,没准从事某种工作,还干得相当出色,他本来就是个有能力的小伙子,实在是运气不好才被逮住。"

"他是怎么回事儿?"

"帕特森是一名矿石勘探员,在戴比尔斯公司工作,是正式员工。他当时只有20多岁,戴比尔斯指派他到CDM(西南非洲统一钻石矿业公司)去。如果你看过南非地图,在西边海岸地区往上走大约200英里,你就会看到奥兰治蒙德①——奥兰治河河口地带。从那儿沿着海岸线往上走就是世界上最著名的金刚石矿区。从奥兰治河口到迪亚兹,附近有一个小港口吕德里茨②,这一条线上去,

---

① 奥兰治蒙德:纳米比亚城镇。在南部沿海,近奥兰治河口,附近海岸砂地是重要金刚石产区,受美、英和南非资本垄断,因掠夺式开采,资源逐渐耗竭。20世纪60年代起,当地开始在近海大陆架上钻探,寻找新的矿床。

② 吕德里茨:位于非洲西海岸最荒凉的纳米比亚西南部的港口,又译"卢德立次",附近是纳米比亚主要钻石开采区,也是纳米比亚的重要渔港。

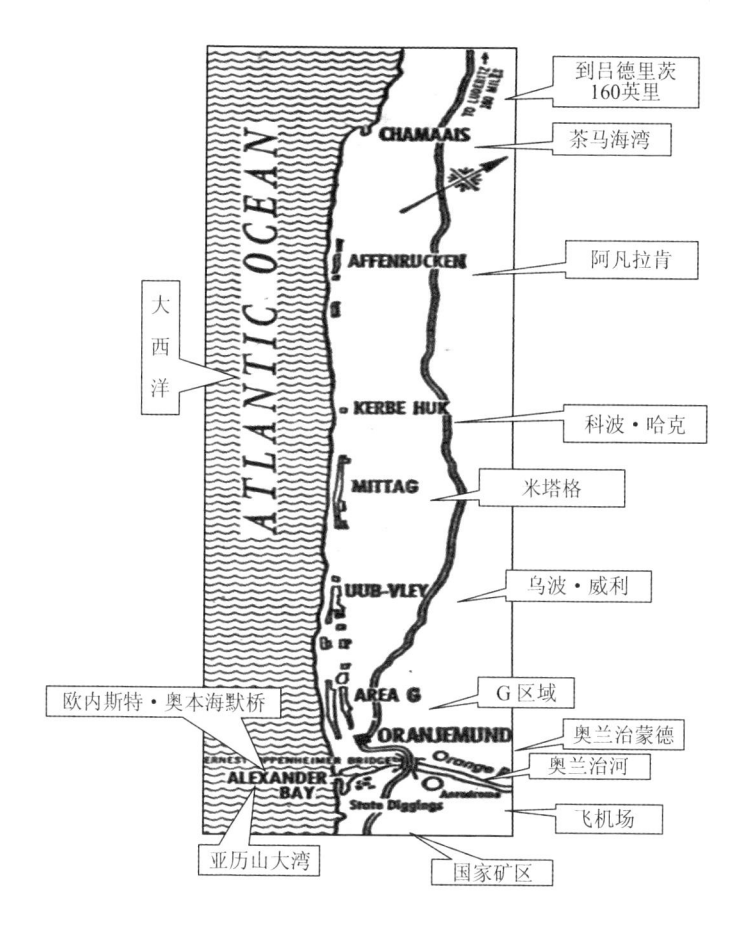

地图标注：
- 到吕德里茨 160 英里
- 茶马海湾
- 阿凡拉肯
- 大西洋
- 科波·哈克
- 米塔格
- 乌波·威利
- G 区域
- 欧内斯特·奥本海默桥
- 奥兰治蒙德
- 奥兰治河
- 飞机场
- 亚历山大湾
- 国家矿区

CDM 占了 180 英里。海岸背后是数千平方英里的荒芜沙漠，沙漠背后有一座山脉——那里地貌之险峻，超乎你想象。

"现在我还不能说海岸线上的这些沙滩就是固体钻石，但那沙滩上的确零星散布着些钻石，很精美的宝石。靠近奥兰治河口出产的要大一些,毫无疑问,经过海浪几百年的冲刷,那些石头从大海深处巨大的沉积岩里被冲到海滩上。除非资源耗尽,不然总有一天,一些明亮的宝石会被某些潜水艇或潜水员发现,并定位到那处沉积岩,如果能开创一种海下采矿办法,就会开挖那些钻石,一切如囊中取物般自然。如果这一切都发生了,可以想象,钻石的稀缺价值就会被吹成碎片,它们就会如同蓝宝石一样成为另一种亚宝石。

"即使到现在,CDM 的产量之高仍令人难以置信。1954 年,我刚开始接触这件事的时候,他们每月从海滩上粗筛的产量达 55000 克拉。去年他们产量提升,达到 80000 克拉,价值比戴比尔斯在南非的所有矿区产量总和还高。CDM 的生产规模真的是非常巨大。顺着海岸线的各个工点有大量筛选和冲洗海滩卵石的工作,加上奥兰治蒙德的资源回收工厂,都需要熟练的人手,其中包括数百名白人和数千名黑人劳动力。

"这些黑人是奥凡坡部落的人,他们坐矿上的包机或公共汽车从沙漠地区被带到钻石海滩来。除了海路没有其他方式可以从这里逃离,没人能穿过沙漠走到内陆,那会丧命的。因此在小小的城镇奥兰治蒙德,戴比尔斯公司为工作人员的家人们准备了所有的康乐设施,能在那儿生活下来的人都值得钦佩。

"我到那儿没多久,戴比尔斯公司的高级地质学家查尔斯·哈勒姆携同他的勘探团队,沿着海岸线探查到了令人瞠目的钻石窝,我们上面提到的那个哥们儿蒂姆·帕特森也是此团队成员。他们决定不用等奥兰治蒙德的工人和设备到来,直接拾取现有钻石。其中一个钻石窝位于一个叫茶马海湾的地方,被分配给帕特森负责,另外给他配了一名欧洲人做助手,还有一个奥凡坡人,三个人是一个小组。

"帕特森在海湾南岸搭好帐篷驻扎下来,1952年1月到8月他几乎与外界失去联系,偶尔去下奥兰治蒙德镇上,已经是相当奢侈的事情了。有时候助手去忙其他事情,他就一个人负责将茶马海滩上采撷的钻石计账、称重、保存。那位地质学家哈勒姆每周来一趟,收走他一周来的劳动成果,将钻石带回奥兰治蒙德。

"蒂姆·帕特森,这个有着优良信用记录的年轻的英国人,到非洲才两年,深受每个人的喜爱,哈勒姆也格外照顾他。但帕特森坐守一堆财富,漫长的夜晚一个人独卧在帐篷里的小床上,白天从自己手中经过的钻石在脑海放大,听着沙滩上海豹的叫声,梦想着有朝一日自己也能变得富有……人在这样的情况下,很难不产生点私心杂念。

"没有人清楚帕特森何时开始下定决心为自己做一笔生意,但我知道那几个月里,他在茶马经手的钻石价值超过100万英镑,大约有价值4万英镑的钻石被他私藏在手里。

"公司没有什么防范措施能阻止帕特森这种行为,他喜欢哪颗钻石就留哪颗,只要在哈勒姆来这儿之前藏好就行了。哈勒姆一来,就坐在他的路虎车里对这一周收获的钻石进行称重和计账。帕特森只消在助手没有看着的时候截留一小部分,再想办法把钻石带回到文明社会里去。

"我们知道帕特森想出了三条途径把钻石带出去。当轮到他去休假的时候,他会往下走到奥兰治蒙德,在那儿通过CDM彻底的安检,这意味着想要通过高高的铁丝网的每一个人、每一只动物、每一个物品都要通过 X 光检测。

"帕特森心里放弃了躲过安保措施的想法,挑战 X 光机是不行的,尽管他真的很想收买 X 光机操作员,他还是放弃了这个念头。那样做太冒险了,帕特森是那种孤独的谋划者,这类人很难被抓住,他不想连累其他人背负责任。他也想过扔掉所有钻石,这样就不必向同谋支付四分之一乃至一半的酬劳。

"接着他想以打猎的名义借一辆路虎,开车穿过沙漠,开到一段没有巡逻的国界处,找一个边境标石,把钻石埋在这块标石周围的沙子里,等他到达外面的世界后再回来刨出来。

"但这个办法也不怎么好。这得离开茶马海湾好几天,在没有水的沙漠里路虎的车辙可以保留数年,直接就是出卖他的证据。

"因此只能从海岸线想办法了,他选择了这条路。他在附近的一处海滩上藏起了他的私货,乘飞机或乘船返回来取。这意味着要给驾驶员高价酬劳,但也可能几百英镑就够了。

"帕特森脑子里的想法一旦考虑成熟,他就开始秘密囤积钻石了。他把截留的钻石装在一个小罐子里,埋在他帐篷下面的沙地里。他选定了日子,1952 年 8 月 8 日,他前往奥兰治蒙德,将在那儿乘飞机飞往约翰内斯堡休年休假,通过安检之前公司为他举办了一连串欢送会,当时他给人一种假象,仿佛不打算回来了。对帕特森来说,睡在帐篷里的艰苦岁月将一去不返了!

"到 11 月 25 号帕特森提出辞职,他礼貌地写信给他的朋友哈勒姆说他不打算再回 CDM 了。哈勒姆以及他在奥兰治的朋友们都为此感到惋惜,他们都喜欢帕特森。"

说到此处布莱兹暂停了,他草草翻了翻他的记录,抽出一张打印的纸张说:"故事讲到此处,看看我对这个案件做的笔记比听我说要好得多。我是从统一钻石矿业公司的首席安全官皮特·威勒斯处记录下来的。这个人非常能干,也很和蔼,尽管他本人如何跟这个故事没有关系,我还是插一句:他得到这份工作其实非常偶然,因为他的前任安全官被鸵鸟踢死了。那个人驱车穿过沙漠的时候,惊起了一群鸵鸟,这些巨鸟面对他的路虎汽车慌不择路,其中一只鸵鸟在奔跑的时候将一只脚伸进了敞开的车窗里,中间那个脚趾刺中了他的心脏。"布莱兹耸耸肩说,"够稀奇吧,这是他的继任者皮特·威勒斯讲给我听的。"

"1952年12月21日,那天是星期一,下午两点半,钻石保护官杜然、勘探员卡茨来到我在奥兰治蒙德的家里,带着写有'T. S. 帕特森'的卷宗,上面记录了一位名叫布莱克的男子,是名前勘探员,说要成为一名飞行员。他和帕特森驾驶飞机迫降在了茶马海湾附近。卡茨,茶马海湾南部采矿营地的工头,通知我布莱克和帕特森今天上午十点半已经步行到达他的营地。

"我追问布莱克,他告诉我他的专机,是一架型号为南风独裁者的飞机,未配备无线通信设施,不得不沿着海岸线低空飞行以保持与地面的联络,最终一头进了迷雾下面,雾压得越来越低,给他造成很大压力,按他的说法是,不得不迫降。

"我对这段描述感到怀疑,问布莱克为什么不在迷雾中飞行或飞转内地,或者冲出迷雾,以帕特森在茶马海湾生活的经验而言,他应该知道那里的雾至多向内陆延伸3至5英里了不起了。布莱克回答,他飞行高度低于40英尺,不能在群山之间冲出去,也不敢试图爬升,因为他不知道雾的高度。

"我又问卡茨那天早上矿工营地以及朝向茶马海湾的海面上空的天气情况。他告诉我海面低空几乎没有雾,飞行员告诉他的是发动机故障必须迫降。

"我警告布莱克和帕特森,我们将调查他们迫降的原因,我让他们走到奥兰治蒙德当地的警察局去。我同时写了一份报告交给统一钻石矿业公司的总经理劳伦斯先生。"

布莱兹痛心地摇摇头。

"可怜的家伙,他心乱了。劳伦斯首先派了一名空勤机械师戴维斯,随同首席安全官威勒斯一同去看失事飞机现场。他们连夜开车赶到出事地点,看到飞机的时候正是黎明破晓时分,飞机坠落在离海水几码远的地方。这是帕特森故事中真实的一部分,但飞机的轨迹说明了另有隐情。

"首先,那里有两道清晰的车轮痕迹,从西南到东北,显示飞机着陆没有问题。两个人从飞机里走出来,一个人穿着运动鞋,他们顺着海滩走过来,然后转身又走回去,钻进飞机让它转个方向朝向西南方向。然后另外一些轨迹显示飞机起飞时在沙滩上下降的痕迹,但就在正要腾空而起的那一刻,飞机左轮碰上了岩石,然后两个轮子都受到了撞击,飞机紧急降落在离岩石150码远的另一边。

"幸亏那名飞行员操作得当,不然他们两个人都得丧生。飞机的一只机翼、机舱下部、螺旋桨全都支离破碎。发动机没有受损,几天后他们给发动机配上一个新螺旋桨并做了测试,它完好无损。

"帕特森坐在拘留所里被移交给钻石侦探部,一名叫西利亚斯的警官接手,他面临的问题是,无论飞机上还是他们两个人身上都没有发现钻石,他俩能被指控的唯一罪名是非法入侵。

"但在吕德里茨对帕特森进行审讯的时候,我们发现他买了一只40英尺长的渔船,还雇了一名船长。船长对雇主要请他来做什么一无所知,但他了解那片海岸,雇主要求他从那儿驾船把他送往开普敦,这是一场看似不太可能的航行。很明显这是帕特森的一个替补方案,如果飞机计划泡汤的话就用这个方案。

"平安夜那天,面对所有证据,帕特森和飞行员全部招供了。毫无疑问,帕特森要去现场找钻石,西利亚斯警官押着帕特森抵达海边现场,他指认了藏在一块岩石下的钻石罐,飞机失事后他把它藏在那个地方。那个罐子里存了1400个尺寸各异的钻石,总重2276克拉,价值40000英镑。

"可怜的帕特森!他和飞行员在吕德里茨面临审判,根据1939年的钻石行业保护公告,帕特森获刑9个月的苦役,布莱克被判6个月,刑期不长。这就是为什么我说这很值得赌一把。过个两三年,帕特森就可以把这事抛到脑后。不知道他现在在干什么,我实在为他感到非常惋惜,他的计划真的很完美,差一点就成功了,当然我的意思并不是想鼓励他人伸手拿别人上百万英镑的钱。"

我说:"我很好奇,在海滩上查获那么多钻石,难道每个星期来收货都没发现藏私的情况吗?"

"我到那儿的时候也是这么想的。"布莱兹说,"我到的时候他们刚刚接手了另一个案子,那是一个很小的案子但是相当典型。想不想听?"

"想听。"

"在奥兰治蒙德,有一个男的在商场里工作,他本是体面正派的人,是当地橄榄球俱乐部的主力,我暂且称他为戴格拉夫吧。他有一个朋友叫安德烈斯·库切,这位朋友有一项工作就是在保安部担任 X 光技师。1954 年 1 月初的一天晚上,戴格拉夫邀请库切和他的妻子到他家里来一起喝一杯。这没有什么值得怀疑的,在这个矿区小镇,各家各户之间都相互拜访,何况这两家人很熟络。

"两家人就随意地谈天说地,两杯酒下肚后,戴格拉夫神秘地邀请库切进他的卧室说要'谈点正事儿'。库切想不出有什么'正事'需要商量,但他还是跟着戴格拉夫进了卧室,问他到底什么事儿。戴格拉夫简明扼要地说:'好,不知你是否会感到害怕,我就直说吧。'库切一头雾水。戴格拉夫一定是个有着戏剧性人格的家伙,而且也很疯狂,他走到衣柜前,拿出一罐凡士林,举到库切茫然的眼前。他仍然一言未发,然后拧松顶部的盖子,把手指伸进凡士林膏里,摸出了一颗大钻石。库切开始理解了。

"戴格拉夫又摸出了几颗钻石,他手心里握着这些黏糊糊的石头,叫库切把几颗石头从混合的膏里拣出来。这对库切来说很容易,他是个值得信任的人,毋庸置疑。戴格拉夫说他还有一些钻石藏在花园里,如果库切帮助他,他会支付库切这 4 颗钻石四分之一的价值作为酬劳。

"库切听了这个提议大吃一惊,尤其是从戴格拉夫口中说出这种话。他一直以为戴格拉夫是个平易随和的好人,一个优秀的橄榄球球员,仅此而已。库切说可以,他愿意帮这个忙。只是要戴格拉夫提前告诉他计划在哪天行事。之后他们返回客厅与库切夫人一起聊天。

"第二天早上库切直接去找了总经理,从那一刻起他与戴格拉夫一起所做的事情都在皮特·威勒斯——统一钻石矿业公司的首席安全官,以及西利亚斯警官的控制之下。

"两个星期过去了,什么事都没有发生,然后戴格拉夫找库切又谈了谈,问他是否真的知道做这件事面临的后果。库切说无论要他做什么他都很乐意帮忙,因为这对他意味着是一种提升。于是戴格拉夫交给他 4 颗钻石,要他暂时先收下。事后这 4 颗钻石称重 104 克拉,价值 6000 英镑。

"其间,安全部门的人员不知道戴格拉夫——一个商场店员,怎么可能弄到那些钻石。显然他有同伙,而库切受命努力查出谁是同谋。几天后,戴格拉夫硬塞给库切另外 37 颗小钻石,重达 26 克拉。现在他认为库切已经被他拉下水,成为他犯罪行为的拍档。

"库切在与戴格拉夫谈话的时候发现有三个欧洲人、两个奥凡坡人给他付钱。一个月后,戴格拉夫又交给他 16 颗钻石,重达 37 克拉,并透露了同伙的姓名。

"钻石侦探们暂且按兵不动。到 3 月底,戴格拉夫提交了辞职报告,去见库切,做最后的安排。任务很简单,一旦戴格拉夫进入安检,接受 X 光扫描,位于 X 光检测部门的库切就设法放过他装着钻石的包。这样,戴格拉就可以乘公共汽车,跨过奥兰治河奔向自由了。

"一切都很顺利,戴格拉夫带着一口袋财富坐在公共汽车上,这时钻石侦探向他猛扑过去。这名走私犯奋力反抗,但最终被擒,投入监狱。戴格拉夫被判三年苦役,他的主要同谋获刑两年。其余十来个混混儿被解雇并列入黑名单。库切得到提升。"

布莱兹总结道:"这是一起典型的贪财行贿案件,卷入了许多小骗子,还拉一个好人下水。案件本身并非很有趣,但你可以从中领略一个多重角色的人,集酒友、橄榄球队友、'好兄弟'等多种身份于一体,这样一个人,你想象得到吗?在他家整洁的小房子里有一个医药箱,箱子里有棉球和药水,除此之外还另有隐情!"

第三章 钻石侦探

第二天我们想出去转转,穿过原住民区去苏丹宫殿,我们在那儿找了一名非常年轻的向导,他带我们一路观光,每次不出半小时,我们准会不由自主地赞叹"好美"。我们都兴高采烈,遵照传统,旅程结束的时候,向导向我们引见了他的姐姐,但我们礼貌地退出了,去了楼顶咖啡厅,鸟瞰美丽的新月形的丹吉尔湾,品尝了薄荷茶。

我慢慢开始了解布莱兹。秘密特工有很多种,一种是私家侦探,抽烟喝酒,暗中监视妻子、丈夫或情人,工作沉闷。一种就是顶级的专业人士,比如亚历山大·富特那样的男人。战争期间他一直在瑞士为俄国人工作,成为其中的顶级人才(无线电操作方面的专家,他一丝不苟,专注敬业,把间谍工作视为值得奋斗的事业而不是为了钱去工作)。战后他来到英国默默定居下来,在英国政府农业和渔业部工作。去年听说他过世了。

此外还有一种经历丰富多彩的特工,比如佐尔格①,光鲜耀眼、乐于享受型的,身为德国人,在东京为俄国人工作。又如女间谍克里斯汀·格兰维尔②,二战时期以英勇出色的间谍行动获得乔治勋章,可惜红颜薄命,1952年3月,这位女士在肯辛顿一家旅馆被狂热的爱慕者——远洋航轮乘务员所刺杀。

但是布莱兹跟大多数优秀的英国特工一样,难以归类于以上任何一类。他熟知各种常识,有一种偏执的热情,力求对事情做出精准判断,充满对人类各种知识进行了解的欲望,并且对这些知识运

---

① 佐尔格:理查德·佐尔格是二战中最富有传奇色彩的人物,二战谍王,名列世界十大超级间谍。1895年出生于苏联高加索地区,19岁应征加入德国军队,参加过一战。1933年佐尔格受苏联情报机关之命进入日本东京,开始间谍生涯。佐尔格就德国要发动对苏战争提出警告和做出日本不会在西伯利亚采取行动的准确判断,苏联据此调兵获胜。此事作为经典间谍案例被载入史册,列入教材。由于在佐尔格的住处附近经常出现发报机信号,日本特工们对这一片监视很久,查出了佐尔格,1944年他被东京监狱处以绞刑。后被莫斯科当局追认为民族英雄。

② 克里斯汀·格兰维尔:1908年出生于波兰华沙,1939年成为丘吉尔的秘密部门"特别行动委员会"的首名女特工,在二战中曾策反过多支敌军部队,英国首相丘吉尔将其称为"最喜爱的女间谍之一"。她是小说《皇家赌场》中,令詹姆斯·邦德着迷的女间谍维斯贝·琳德的原型。二战后,克里斯汀沦为一艘国际游轮的服务员,1952年被追求者刺死于伦敦寓所。

用自如，最终成为政府公务人员中的翘楚。他对探险也感兴趣，性情中有浪漫的一面，只不过公务人员的职业使这些特质简而化之，只体现在爬山、业余戏剧演出之类的活动上。

那天早晨，我们一边看着黎凡特人①赶着白马进入丹吉尔湾，布莱兹一边给我讲了"戴斯蒙德"案例的详情，我觉着他的开场白就很好地证明了他本人实事求是、通情达理的个人素质。

布莱兹说："我恐怕不能给你提供太多追踪走私犯的日常细节。往往追查一点儿线索之后，过程就变得相当无趣。矿区遍布整个非洲，在不同矿区之间的穿梭航行其实很辛苦、很磨人。有时面对非洲当地聒噪的大铜锣，要尽量让自己保持心情愉快；还得时刻留心，努力让自己提出的改善安保措施的建议，看起来更像是和我对话的人做出的，而不是我提出的。

"你可以想见，国际钻石安全组织名气并不是很大，我们是一支来自伦敦的私人军队，另一方面我们完全是受欧内斯特·奥本海默全权委托，大家相互合作是最明智的做法，或者至少看起来如此。

"私人军队似乎是在战争期间开始涌现的，曾经有过很风光的日子，但后来因为犯了一些错，部分被遣散，部分被情报机关'收编'，情报机关认为应该由他们统一管控。你回想下那是种什么情景，特别是刚开始的时候，四分五裂，群雄争霸。比如说，两三个独

---

① 黎凡特人：指居住于地中海东部地区的人。

立分队都在密谋炸掉多瑙河畔的铁门①。然后,在南斯拉夫,竞争对手正在向米哈伊洛维奇及其红军缴械投降。然后他们组建了特别行动局(SOE)以图扭转局面,SOE 发现自己面临特务机关(Secret Service)、美国海军情报局(Naval Intelligence)、战略情报局(OSS)以及其他所有组织的竞争。

"哎,前几天你刚刚了解过克雷布水下采矿的一些情况,现场很悲惨。那就是私人军队的工作成果。如果说到负责处理的话,那本应由海军来处理,他们对潜水员的了解比任何特工组织都多。一个人在大家眼前被炸得粉碎,那一幕你会终生难忘。

"IDSO 必须掌握同类情况定期汇报给戴比尔斯安保部门以及位于金伯利的钻石侦探部门,并且各地都随时有情况发生。

"并且,电话线路情况很糟,断线是家常便饭。我的大量工作是处理双重间谍,查找地下走私渠道,在某一方安排一名卧底,希望这名卧底潜伏成功一路上行到高层。"布莱兹笑了,"跟你去年写的那本书很像,但金刚石矿区的姑娘没那么漂亮。不管怎样,在刚开始的时候,即使一名很有前途的双重间谍,若过于侃侃而谈,往往会搞砸,在一片混乱中终结他的使命。

"这就不得不提到一个聪明、英俊的大好青年戴斯蒙德。他现在已经改过自新了。'戴斯蒙德'是我们那时给他取的代号,我必

---

① 铁门:多瑙河在罗马尼亚与前南斯拉夫两国边境处切断喀尔巴阡山脉与巴尔干山脉,形成一系列雄伟险峻的大峡谷,"铁门"一词通常泛指多瑙河这一全长 145 公里的系列峡谷。

须对有些执行任务的人使用代号,因为他们还没有完全加入进来。

"这个小伙儿来自南非,家庭出身很好,但他误入歧途,1951年因为图谋诈骗获刑两年。在监狱里,有个人缘较好的流氓叫塞米·西柏斯坦比较看好他。塞米来自约堡,是个著名的犹太人,他坐牢是因为非法占有罪。

"他拉住戴斯蒙德,告诉他私下收购钻石的买卖能很好抓住机会发财。他说他在金伯利收购钻石已经二十年了,深谙此道。但他们动不动就抓他,如果他再犯错,很容易就会被判无期。他说戴斯蒙德非常适合充当他的'前锋',他外表俊朗,举止得体,还拥有影响力较广的朋友圈。

"长话短说,到1953年10月戴斯蒙德出狱的时候,他们已经成为很铁的朋友,戴斯蒙德同意帮塞米留心查看欧洲是否有可靠的市场销路接收他的钻石。塞米说,已经有一包价值40000英镑的钻石等着出货了,保证定时供货。

"但戴斯蒙德并没有意向去做塞米想让他做的事,他决心只走正道。出狱以后,他直接飞往英国,回到妻子身边,用了几个月时间找工作。就在他找到了类似销售员的工作之时,他在报纸上看到了戴比尔斯公司聘请斯利托打击走私行为的新闻。

"戴斯蒙德一下子提起了兴趣,他看到了洗刷自己过去污点的一线机会,而且说不定能从斯利托那里获得一封推荐信,找一份更好的工作,胜过当一名天天出差的推销员。他把自己的想法跟他妻子谈了,顺便提一句,他妻子一定是个好人,始终支持戴斯蒙德度过困境。最后他写了一封信给斯利托,然后上门拜访他,跟他讲了他所了解的地下钻石交易情况。

"戴斯蒙德的长相让斯利托一见就很喜欢,信任他,但 IDSO(国际钻石安全组织)刚开始成立,我们全都规规矩矩地跟南非的警察局打交道,所以斯利托决定把这个案子交给金伯利的钻石侦探部处理。

"斯利托拜会了雷德梅耶准将,南非警察局副局长,他同意戴斯蒙德加入进来工作,条件是 IDSO 支付他所有开销,包括机票费用、酒店住宿费用,并同意给予戴斯蒙德参与行动所追回钻石的部分价值作为酬劳。"

布莱兹笑了,条件相当苛刻,但正如我之前所说,我们不想让 IDSO 刚起步的事业有什么闪失。戴斯蒙德飞了过来,我把他转交警局成为一名警察特工,在金伯利钻石侦探部的领导范德·韦斯特辉森队长的指挥下行动。

"于是,警方向戴斯蒙德简要交代,要他与塞米·西柏斯坦联系,他那时业已出狱。这项任务对戴斯蒙德毫无困难。塞米在金伯利拥有一家汽车修理厂,与戴斯蒙德重逢他很高兴。唯一的麻烦来自塞米的朋友,他们认为塞米话太多了——因为话多,他丢掉了在地下钻石交易圈子里的头目地位,另外一个人取代了他,此人非常精明而且谨慎,我且称他为 X。X 与塞米·西柏斯坦迥然不同,是个很棘手的人物。X 当即拒绝与戴斯蒙德有任何牵连,对塞米的个人引见置若罔闻,还对塞米下了严格命令,没有他的同意,不得与戴斯蒙德开展任何业务。戴斯蒙德很为难,他认识到 X 是个危险人物,但他坚持不放弃,他在修理厂晃悠了几个星期,跟圈子里的其他人交上了朋友，X的态度开始好转，对戴斯蒙德说如果价格合适会跟他做交易。

"戴斯蒙德编故事说他在伦敦找好了市场，现在到非洲来是物色钻石。X含糊地说他知道有人可能知道哪里有一包质地细白的好望角宝石，但前提是，任谁想提及跟这包宝石相关的问题，他都必须先要知道戴斯蒙德的委托人的出价。

"戴斯蒙德装样子给伦敦拍电报，并及时将一份电报递交X，电报内容如下：

> 优质细白宝石、白宝石——按国际标准克拉单位计，
> 1克拉重的钻石17英镑/克拉；
> 5克拉的钻石60英镑/克拉；
> 10克拉的钻石90英镑/克拉；
> 14克拉的钻石120英镑/克拉。
> 好望角宝石出价：
> 1克拉重的宝石10英镑/克拉；
> 10克拉重的宝石40英镑/克拉。

"X对这价格表示满意，看来戴斯蒙德成功请君入瓮了。

"实际上并非如此。钻石侦探部说当交易发生且工作完成时必须要有另一个证人在场。他们想出了一个招数，岂料这个本该奏效的招数实际上没有达到预期效果，让警察能抓个现行。你明白吗？戴斯蒙德从不会假装了解钻石的门道，X知道他对钻石价值一无所

知。同时,很显然,如果双方就宝石价值达成一致,则须一手交钱一手交货,此时戴斯蒙德的委托人必须到场,这个人必须很老练。

"于是他们交代戴斯蒙德去跟 X 说,他的上司对这笔生意很感兴趣,他要从伦敦飞过来亲自进行交易。

"不出所料,X 顿时起了疑心。像他这样精明的老江湖,尽管什么都没看见,他已经嗅出了圈套的味道。

"戴斯蒙德尽量说服他打消疑虑,说有人同意这个价格,但他的人没见到实物不会出钱买的。毕竟,整个交易依赖于相互信任,如果 X 真的想为自己的宝石找到销路,就该这么做。

"但 X 很固执,事情陷入僵局。这给钻石侦探部提供了一个有利的回旋时间,去物色一个他们心目中合适的人冒充戴斯蒙德的委托人,还得是一个非常懂行的宝石鉴赏家。他们在南非警察局内部找了一名出身英国的警官——这些天来好难物色到的这么一个人,几乎没有南非口音。他们来找我,要我赶快通过钻石公司教他评估宝石的价值。他们还要求 IDSO 给这个人在伦敦学习钻石知识的时候支付一笔款项。

"他们再次发出想与我们合作的邀约,我们同意了。选中的那个人,我们虽然没见过但知道他名叫'查理',他 11 月去了伦敦,学习了全套宝石知识,能吸收多少就看他的悟性了。戴斯蒙德转回去见 X,再次引起他的兴趣,X 最后同意在金伯利约见戴斯蒙德的委托人。

"为保险起见,我去了约堡机场见到了戴斯蒙德那个从英国来的'委托人',我很惊骇地发现他提着一个深不见底的手提袋,完全不适合扮演一个强势的做钻石生意的角色。我对钻石侦探部的工作人员说他们派的人不可能糊弄住 X，除非他的身份再低一些。他们同意我的看法，于是戴斯蒙德简短地告诉 X，委托人生病了，派了一个手下来做鉴定。

"我不知道 X 对此变化做何反应，但此举完全不能增强他对戴斯蒙德的信任感，我心里已经认定这事儿要出问题。

"意料之中，情况脱离我们控制，整个布局慢慢趋于搞砸了的局面。

"那名'下属评估员'，穿着警察配发的皮鞋，时不时在裤脚底下露出来。在金伯利与戴斯蒙德见面时，我往南非标准银行的账户里给他打了 50000 英镑，以便事成之时能为那一包钻石付款。

"两名警察卧底与令人望而生畏的 X 见面了。X 动作优美地玩着纸牌，根本不提宝石的事儿，反而把那个"下属评估员"引入如何评估宝石的高技术谈话中去。查理开始还应对自如，但随着话题不断深入，专业性越来越强，他开始疲于应付。最后暴露出知识欠缺的破绽。X 愉快地拍了他后背一掌，说他是个好小伙，但对宝石所知甚少，并祝他下午愉快。仅此而已。

"但这也未必就意味着全都告吹了。我说过，戴斯蒙德是个不服输的年轻人，他下定决心要尽其所能把帮派人员一网打尽。既然不能得到老大的认可，他便把注意力转到塞米·西柏斯坦和那些小人物身上来。

"没有跟 X 商量，塞米在他的修理厂里安排了一场会议，他通知戴斯蒙德他要召集一些手上有好货的卖家参会。戴斯蒙德告诉塞米那个评估员在标准银行的账户上有 50000 英镑，是准备收购宝石的。这深深吸引了塞米,他不想让那个'手下评估员'一分钱没花就关闭账户回伦敦。

"当戴斯蒙德带着他的'评估员'走进修理厂的时候,查理认出其中一位座上宾叫强尼,是戴斯蒙德坐牢的狱友。不幸的是,正是查理给强尼判的四年刑,罪名是抢劫。

"戴斯蒙德和那个'评估员'退了出来商议,他们认为小心谨慎为上策。强尼当然会认出这个'评估员',说不定两个人都认出来了,反正,时至今日戴斯蒙德也受够了整个事情。

"回到英国后,他仔细地把箱子收拾干净,把它完完整整地还给警察,如果他们愿意还可以继续使用。他返回约堡,打电话给塞米,说在赶往修理厂的路上他停下了脚步想了半天,很庆幸自己当时离开了。他指责塞米是警察的线人,说他以后再也不跟他打交道了。塞米发誓说他是戴斯蒙德最好的朋友,请他留在约堡,他可以带着一大包宝石去证明他的清白。戴斯蒙德说他不想再冒任何风险,然后使劲儿挂了电话。"

布莱兹叹口气:"这就是我见到戴斯蒙德那晚他讲给我的整个经过,他第二天便走人回伦敦了。我们为他的服务给他发了奖金,希望他现在已经找到了好工作。他值得拥有更好的工作。

"事实证明,这番苦心并没有白费,戴斯蒙德为警方收集了很有用的信息,后来警方逮捕了强尼和塞米,还有他们的同伙。戴斯蒙德拿到了在矿区偷宝石的人的名单,这些人都被解雇并且列入了黑名单。钻石侦探们因此获得了很高荣誉。

"但我们并未沾沾自喜。X仍然逍遥法外,他才是真正要紧的大头目。我们深知一件事,那就是我们必须与钻石侦探部建立更密切的合作关系。

"你一定亲眼看到了这个案子里的巨大失误,皆因钻石侦探们坚持用他们自己的人做目击证人,不是货真价实的评估人,其实钻石公司会很乐意派人从伦敦飞过来的。

"如果我们更密切地配合作战,我们本可以圆满完成一场真正的突击行动。结果却像我前面提到的那些竞争组织之间在进行某种角力一样,大家都愚弄了自己。"

我问:"南非警察局、IDSO,双方经过初期的相互怀疑,继而互相磨合之后,是否关系变得融洽了些?"

布莱兹说:"在某些方面是好了些。约翰内斯堡分部的格罗布勒上校在处理双方关系上,做得最到位。我怀疑问题出在比勒陀利亚方面。一名退役的 CID 上尉,他的职位刚好了解这方面的情况,曾经告诉我,他们曾经怀疑我们是否真的是英国政府的特工,以及我们的首要任务是否是暗中监视南非警察局。根据这位 CID 工作人员的说法,很有可能我们自己已经被监视了!

"我们之间的关系实在不能说是很融洽,即使到最后也算不上很和谐,但大部分问题在于个人。给你举个例子吧,不管什么时候矿区安保人员出现空缺,戴比尔斯会不假思索地接受南非警察局引见的成员加入,都成惯例了。当然,这个人必须有高层的推荐。

"有一回,比勒陀利亚警方给他们推荐了一个不知天高地厚的傻瓜。他一看就是那种特别自负、武断的人,不可能成为一名好的安保官员。但是,我们也不能得罪比勒陀利亚方面,决定给他一次机会。我送他到坦噶尼喀，直接在 CID 管理下短期工作一段时间，负责打探我们正在追踪的几个走私分子。结果是一片混乱。比勒陀利亚特派的人选一下子令坦噶尼喀警察大失所望，他向原本应渗透进去的非法钻石交易链上的人泄露了他的工作机密，然后正事不干，用我们的资金跟当地的博彩公司赌钱。

"他留下了一堆烂账和空头支票，对他而言这份工作节奏太快、压力太大，他假装生病告假回约堡了。我赶过去询问他，他几乎大发脾气，最后冲我大声嚷嚷：'你们这些英国猪，有什么权利来我们国家？'"

布莱兹厌恶地笑了："懂得我的意思吗？但这种人是个案，不具备代表性。我们在这个国家交了很多朋友，大多数工作是跟英国警方一起，在非洲这里的很多国家和地区，比如塞拉利昂、罗德西亚、博茨瓦纳以及坦噶尼喀等地完成的。你在世界各地找不到比他们更好的警察了。"

第四章　安全屋

特工的世界就跟赛车运动或电影制作行业一样充斥着专业术语。但当布莱兹使用他们业内的行话时，他是带着讽刺意味的，那些术语听起来仿佛就像特意加了引号一样。大多数特工对他们的职业都有点势利，他们在关于中间联络人、邮箱、烧毁联络方式、双重间谍、有意或无意识的特工、任务报告及其他种种场合中，乐于提起名人显贵的名字以抬高自己的身份。但布莱兹对他现在正要抽身离开的那种生活抱有一种明智的怀疑态度。他从业十五年,觉着这个行业人来人往,多半华而不实,喜欢吹牛,他最喜欢用这种词来描述某些人。

布莱兹跟我的所有谈话,他表达的观点,没有一句听起来是不真实、不可靠的。他从不说豪言壮语,总把取得的成就归功于运气;从不提及"危险"这个词,客观公正地讨论案例,在我把他的话转录成文字的时候,一旦出现略有拔高事实的情况,他会礼貌但坚定地让我改过来,以非常温和的态度说:"实际情况并不完全是那样。"

我比较为难的是怎么让他意识到那些他觉着不足为奇的故事,在我看来却感觉新奇而且兴奋。为了讲述那些往事,我们一起没完没了地散步,穿过土著居民区,在丹吉尔周边的乡村四处溜达,我们在酒吧里、夜总会里喝了一杯又一杯。他讲的都是故事的梗概,我要从他讲的那些事情中抽取故事的主干脉络,加上背景细节,使这些故事有血有肉、丰盈生动,这并不容易。

然后我们不知怎么把话题扯到了间谍术语的问题,那是在一家名字甚为高大上的"外交乡村俱乐部"打完一场高尔夫球后谈起的。布莱兹说他的差点①是9,我的差点也是9,实际上我从未赢过他1洞。他一挥杆儿,球就沿着球道往前直走,而我的球总是在粗糙的地面上磕磕绊绊,被那些闪耀的鸢尾花和水仙花挡住,比赛线

---

① 差点:高尔夫球术语,通俗地说,就是高尔夫球手打球的水平与标准杆之间的差距,例如球手水平一般在85杆,标准杆是72杆,那么差点就是13。

The diamond smugglers

路周围建有水道,都干涸了,一行行野花开在上面。

打完高尔夫球,我们坐在空无一人的俱乐部外面,小口呷着杜松子酒奎宁水①,这正是打开布莱兹话匣子的好时机,他提起了国际钻石安全组织的"安全屋"的话题。

他说:"克劳斯威茨有一句名言,战争的首要原则是要有一个安全稳固的后方基地。所以我和团队其他成员一到约翰内斯堡就建立了一个用间谍的行话来说就是'安全屋'的地方,远离我们的总部,位于约翰内斯堡背街深巷的一所公寓,我们可以在这里约见我们的联系人,特别是那种可疑的有点危险的线人。我们告诉钻石侦探部已经安置好了这个地方,如果他们想用也可以用。他们似乎非常感谢,很奇怪他们居然没有一个类似的窝,但我觉着他们并未曾真的使用过我们这个安全屋。这地方其实算不上一套公寓,只有一间带简单家具和沙发的客厅、一间凹在墙内的小卧室拉着帘子跟客厅隔开,以及靠门口有一个洗手间。唯一让人觉着舒适的是摆着酒水的餐具柜。"

"房子里装监听线路了吗?"

"没有,我有比这更好的办法。有一种小玩意叫'迷你风',自由市场上就买得到,实际上是盖世太保发明的,把录音机装在马甲口袋里或藏在腋下,线就顺着袖子连着监听拾音器,这个拾音器实

---

① 奎宁水:是由苏打水、糖、水果提取物以及奎宁(又称金鸡纳霜)调配而成的液体,是一种汽水类的软性气泡饮料,带有天然的植物性苦味,经常被用来与烈酒调配各种鸡尾酒。

际上就是你戴在手腕上的手表。我们在实际工作中有很多这样精妙的小设备，有时起着大作用，手表拾音器只是其中之一。

"说来奇怪，第一个来我们安全屋的人是威廉·珀西瓦尔·拉德利——托尼·拉德利。记得这个名字吗？一年以后，他作为政府证人出庭，告发了价值20万英镑的珠宝抢劫案的同案犯，他们洗劫了哈利·奥本海默公司的样本间。伦敦方面向我们发来消息，他们相信有个叫托尼·拉德利的人已经抵达伦敦大学分校内罗毕大学，建议盯住这个人。我到肯尼亚警察局查这个人的资料一无所获，但我们在约翰内斯堡的报纸上看到有个叫托尼·拉德利的人正要接手一家叫'王宫'的舞厅，该舞厅位于专员大街①。

"我们跟南非警察局打交道需小心翼翼地遵循外交礼仪，同时向金伯利的钻石侦探部报告了我们所了解的拉德利的情况，以及我们认为他对IDSO来说是一个良好的切入点。但警察局对我们的情报没有反应，我们只能自己行动。我们去王宫舞厅，在自动电唱机音乐和伴舞女郎骚动的环境下，我们接触到了拉德利。后来，拉德利在安全屋与我们相见，一副急于求助的样子，他很想提供一些听起来很重要的信息，说话带着他那一类人特有的谄媚语态，但实际上他提供的关于非法钻石交易的信息并没什么用。

---

① 专员大街：贯穿约翰内斯堡东西方向的最主要的大街，是老城区最重要、最繁华的一条大街。英殖民地时期，南非采矿猖獗，于是约翰内斯堡设置了两个政府职位：黄金专员和采矿专员，这条大街因此得名。

"到 1955 年初,从拉德利身上能问到的信息都问光了,我们放了他。等他再次出现的时候是在奥本海默抢劫案里。

"凑巧,那时我们也找到了奥本海默案中的另一个被告。此人名叫唐纳德·迈尔斯,前巴勒斯坦警察、英国节日安全官员,后来跟拉德利一起受审。从某种程度上来讲,我觉着我对他陷入困境负有相当的责任。他曾于 1955 年 7 月来见我,想找一份类似矿区安全官员的工作,他有良好的作战记录,以往工作履历中客户评价都很高。这样的资历正是我们需要的,但恰好碰上没有岗位空缺,我只好回绝他。半年后,他因为跟抢劫案有牵连而受审,经调查发现他无罪,我很高兴。

"回到安全屋的话题。一开始,从不同来源到我们这儿来的访客都是经常流动的。他们一般晚上来,各种各样的人都有,大多数人持假身份,还很缺钱。有时候我们为他们提供的点滴信息支付一两英镑。有时候也会遇到为了除掉某个矿区官员或个人私敌来到我们这儿的。1955 年 2 月就出现了这么一次。

"情况大致是这么回事:1954 年 9 月,有个家伙在拜特桥被捕,南罗德西亚和南非共和国边界有条河叫林波波河①,拜特桥就是横跨在这条河上的一座桥。被捕的这个人我暂且叫他库茨,库茨穿的马甲口袋里有一块超过 8 克拉的优良的毛坯钻石,11 月他被判非

---

① 林波波河:非洲东南部河流,又称鳄河,发源于约翰内斯堡附近的高地,全长 1600 公里,流经南非、博茨瓦纳和津巴布韦的边界,最后穿越莫桑比克南部地区,注入印度洋。

法占有罪,处以200英镑罚款。钻石贸易公司买下了这块宝石,他们判断这是一块冲积矿下的金刚石,产自西非,在库茨从罗德西亚买入之前,很有可能这块石头已经在整个非洲被四处兜售过。事实上,对他而言,被定罪是个严重的打击,比罚款或没收钻石的损失打击更大,这意味着从今往后在罗德西亚,他在自己经营生意的区域内,就是个被打上了标签的人。他为自己的坏运气向曾经有过生意往来的老朋友卡尔诉苦。

"碰巧卡尔曾经是金伯利警方的线人,他当然记得成功报信能获取丰厚报酬。库茨给他讲了大量罗德西亚非法钻石交易圈里的劲爆消息。1955年2月卡尔找到钻石侦探部在约翰内斯堡分部的侦探格罗贝拉警官,跟他进行了一番闲谈。格罗贝拉是一名非常优秀的警察,他听了卡尔讲的事情,认为卡尔跟IDSO合作比跟南非警方合作能带来更大收获,他随即给我打电话建议我在安全屋会见一下卡尔。

"如果你了解南非白人的情况,你就知道他们是世界上最严重的话痨,说起话来滔滔不绝,讲得越多,越为自己雄辩的口才而陶醉。当卡尔在安全屋里坐下来,一杯酒下肚,话匣子就打开了,他那逻辑混乱又连绵不绝的话题简直要把我搞蒙了,能理解十分之一就不错了。终于,我耐不住性子哪地拍了下桌子,打断了他的话题,向他问话,叫他只需回答'是'或'否'即可。我像拼拼图一样从他庞杂的话题里清理头绪,最终证明这番努力是值得的。

"根据卡尔的陈述,库茨在拜特桥损失的那块金刚石只不过是九牛一毛罢了。铜带省①满大街都是从事走私钻石生意的人。宝石从黄金海岸和象牙海岸、坦噶尼喀的威廉姆森矿区、比利时刚果等地带过来,另外从南非过来的欧洲人已经形成稳定的客户流,他们从当地走私者手中购买这些石头,带到约堡卖给钻石加工者,从中获取暴利。卡尔建议IDSO可以利用库茨透露给他的那些人的名字和联络方式打入那些非法交易内部。

"我决定安排卡尔充当双重间谍,完成戴斯蒙德未获成功的任务。我必须跟南非和北罗德西亚的警方达成一致意见,告诉他们我打算怎么做,并且保证每一方对事情进展都有充分的知情权,最后事情全都安排妥了。卡尔则需顺着安排的路线进入罗德西亚,跟库茨介绍给他的地下交易圈里的人接上头,说明要收购钻石并要求将货带到南非国境线。到了那儿,我们会拿走他带来的钻石,卖给钻石公司,而他则可以获得跟罗德西亚地下团伙交换全部信息而赚取的酬劳。"

布莱兹停顿了一下,又说:"注意!当时我并不是很确定我带着卡尔应站在哪一方。南非警方绝对没什么理由反对他,但默许从罗德西亚走私钻石到南非对我来说是一件危险的事情。我得说服南非警方和罗德西亚警方放开卡尔,允许其单独行动,我实际上处在这么一个位置:给卡尔这个走私犯开绿灯。并且携带钻石的麻烦在于每一颗石头都携带有犯罪的动机。虽然卡尔是个完全诚实的人,

---

① 铜带省:赞比亚中北部的省,是世界闻名的铜带的一部分,矿区自西北向东南断续延伸,长220余公里,宽65公里。

但要他拿着 IDSO 的钱去买非法钻石交易者手中的低价钻石,如果他有本事把钻石带到南非却不被我们知道,发财致富的机会就摆在他面前,他凭什么会那么听我们的话,按我们说的来?

"我考虑了又考虑,最后决定不给卡尔的第一次旅行提供资金,他就得通过自己的资源筹集 1000 英镑。从我们的视角来看,这样就使得事态可控了一点,但绝对算不上无懈可击。那时是 IDSO 成立初期,我只有交握十指祈求好运了。

"卡尔飞往恩多拉市①之前,我跟他在安全屋见了最后一面,这并没有使我更乐观一点。他说库茨现在拒不给他罗德西亚联系人的名字,他必定是嗅到了可能会出麻烦的味道,或者也许卡尔说了不该说的话。改变计划已经太迟,于是我给了卡尔一个人的名字,他住在基特韦②,曾经给 IDSO 写信提供消息当线人。因此,既然我们打算向卡尔支付费用,如果这个话痨行动失败,我不想付出那么昂贵的代价,我叫卡尔两周后汇报一下进展,根据情况发三种电报中的一个。这三种电报如下:

迄今为止只接洽到一些小笔生意,但×时再拍电报……
没有生意值得一做,将于×时返回。

---

① 恩多拉:赞比亚中北部城市,铜带省首府和进出口门户,是赞比亚第三大城市、工矿业中心之一。
② 基特韦:位于赞比亚北部,地处铜带中心,现为铜带工商业和技术服务中心,赞比亚第二大城市。

The diamond smugglers

以及

> 生意很顺,于×月×日需要销售专家……

"最后一种电报是假如遇到很大的钻石,卡尔需要专业人士协助评估时才发。

"于是,卡尔于3月7日飞往铜带省,18日我收到了电报:

> 没有生意值得一做,将于3月22日返回。

"情况如此糟糕简直不像是真的,IDB在铜带省非常盛行,难以想象卡尔居然想不出办法打入地下市场,我担心的最坏的情况出现了。我觉着可以确信自己派出的双重间谍已经转变成三重间谍了,他花了上千英镑低价买回钻石,现在想打着IDSO的榥子走私出去,谋一己之利。我把当时的处境跟乐于助人的侦探警官格罗贝拉详尽地讨论了一番,依我看卡尔到达海关的时候会受到各种考验,格罗贝拉表示同意。

"3月22日,卡尔乘坐来自恩多拉的飞机按时抵达杨·史沫资①

---

① 杨·史沫资机场:杨·史沫资,是南非政治家和将军,两次任南非总理,对国际联盟和联合国的成立做出了很大贡献。约翰内斯堡市有很多以其名字命名的地标,机场是其一。杨·史沫资机场即后来的约翰内斯堡机场(现在的坦博国际机场)。

机场,他发现自己被选作第一个通过海关的乘客,当时内心挺感动,这通常是给予贵宾的一种待遇,他一定对 IDSO 的重要性和影响力深为震撼。但这种错觉很快就破灭了,他和他的行李箱被带进隔离室,查了个底朝天,他感觉受到了羞辱。

"卡尔愤愤不平地向一个便衣警察表达他的愤怒,抱怨自己受到了无礼对待。这名便衣自我介绍说他是钻石侦探部的史密斯警官。'我认为你要把这一切给我收拾好!'卡尔气愤地嚷道,然后小声说,'钻石在皮箱把手里。'

"史密斯冷冷地检察了手提箱的把手,仔细拆开皮子的缝线,里面露出用脱脂棉包着的 52 颗钻石。然后他告诉卡尔,钻石必须公开申报。之后,理所当然地钻石被没收,称重后被海关扣留。

"这会儿卡尔一直在向史密斯保证,整件事都能得到满意的解释,但他们必须带他来见我。史密斯顺理成章地押送他来到安全屋进行审问。

"卡尔报告说他抵达恩多拉机场以后,雇了一名出租车司机,要他载他到 40 英里外的在基特韦预订的酒店。他一上车立刻跟当地司机说起了在附近地区购买钻石的事儿,司机给了他另一名出租车司机的名字,说此人了解铜带市的整个钻石市场,也知道本地走私者的名字。

"卡尔不相信他有这么好的运气,心想要么这个司机吹牛不打草稿,要么 IDB 在罗德西亚根本就是完全放开的。实际上,卡尔已放弃了我们预先商定的联系方式,另一名出租车司机安排了一连串卓有成效的会晤。但根据卡尔的描述,尽管他听取了没完没了的谈话和太多的承诺,在基特韦待了十天,他一颗钻石也没买,他强迫自己立即做出决定,发送那篇否定的电报给我,并告诉IDB的联络人,没有什么适合他的钻石可买,他打算收拾行李三天后离开。这个策略奏效了,最后三天人们蜂拥而来,带着钻石向他推销,这其中有欧洲人,也有来自刚果－罗德西亚边界的本地走私者。在与这些人谈生意的过程中,卡尔精心编制了一份名单,包括罗德西亚的走私网络以及欧洲人从边境进入南非的传递途径。

"卡尔说与他打交道的那帮人,真的是走私猖獗,全员参与,几乎人人精通于背叛和两面三刀。他们不仅一手买一手卖,将从本地走私者手中购买的钻石再卖给南非来的走私者,而且向北罗德西亚警方通风报信获取好处,既出卖同行又出卖自己的客户。"

布莱兹补充道:"顺便说一句,干IDB这一行的,两边出卖、唯利是图的习惯由来已久,这使得查案的特工开展工作变得更加复杂且冒有很大风险。无论如何,卡尔不辱使命。只有两个问题:为什么要发第二种电文而不是第一种,那时钻石交易已经有些眉目了,为什么他要把钻石藏在手提箱把手里?

"卡尔说再发一封电报已经没什么意义了,当时他的钱已经用完了。至于他手提箱把手的事儿,他期待的是钻石侦探部在海关接他,之所以大费周章地把钻石藏在箱子把手里,只是想证明海关其实挺容易糊弄。跟史密斯警官遭遇的时候他并没有试图隐藏这些钻石。

"这番供述在我看来合情合理,钻石侦探部也很满意,最终断定卡尔圆满完成任务。北罗德西亚警方和南非方面接到IDSO的报告后都很满意。

"实际上我们没有再用过卡尔,可怜的家伙恐怕挣的钱并没有剩下多少。他买进的价钱并不便宜,海关放行的钻石合法进入钻石辛迪加,经过鉴定,这一包钻石是典型的比属刚果圆粒金刚石——工业用低等级品种,评估价值也就是卡尔花钱买的价格。卡尔为此很受打击,我给了他10英镑小费,为他此行经历的波折,同时也打发他告辞。

"卡尔上交的名单和渠道,促使我飞向伊丽莎白维尔以及威廉姆森博士位于坦噶尼喀的矿区,去看看我们能做点什么,以阻止当地的地下交易网络。两个矿区都承认他们知道有地下交易网络,以及本地经营者一直都在利用他们的安保人员。该交易网络似乎跟随东非航空公司的航线:内罗比——索尔兹伯里①——洛伦索马克斯②——德班③一线走。我到了罗德西亚以后,决定做点什么来堵住这个渠道。

"碰巧英国海外航空公司有一名乘务员,叫帕特里克·沙利文,正在飞这条航线。皇家检察署起诉该公司另一个机组成员走私,有证据表明沙利文也涉及此案。我们把相关证据摆在他面前以后,他在伦敦接受了IDSO的约见。到非洲以后,他联系了我,同意为我们

---

① 索尔兹伯里:津巴布韦首都哈拉雷的旧称,最早是罗德西亚首都。
② 洛伦索马克斯:莫桑比克城市。
③ 德班:南非东部港口城市、工业中心,也是度假胜地。

工作。

"内罗比是东非航空公司总部所在地,也是威廉姆森矿业的供给和运输中心。沙利文是一家过境酒店的常客,他认为这家酒店有一名服务员越过威廉姆森矿业为 IDB 链工作,担任了中转传递的工作。因为沙利文卷入了伦敦的案子,因此当地 IDB 相信他在某种程度上不得不妥协,认为他是个合适的带货人。在我的指示下,沙利文同意帮他们带货,为的是走私者会付给他丰厚的佣金。

"我再一次面临风险,将一个普通人转变为有特权的走私者。尽管他保证一旦他将钻石携带到德班就给我拍电报,但他还是有可能随随便便忘记这码事儿。在这种情况下,他因为为 IDSO 工作,应该受到保护。为了隐蔽我自己,我警告沙利文如果泄露消息出去,不管他带没带钻石,他都要遵守海关的例行检查,沙利文接受了这些条件。

"然后发生了一些很古怪的事。我不能断言 IDB 是否有人已经意识到沙利文的双重身份,但沙利文的命运中必定有着某种奇怪的巧合。一天,我接到沙利文发来的一封秘密电报,要我在德班与他见面讨论新进展。到底有什么新进展,我不知道,但我猜测一定有大情况。

"不管怎样,在我们约定见面的日子来临之际,我踏上了这趟往返旅程。在我到达之时,我得到消息,东非航空公司'达科他'号,就是沙利文做乘务员的那架飞机,出了事故,撞在非洲最高的山峰乞力马扎罗山山顶,所有乘客和机组成员全部遇难。"

布莱兹怀疑地摇摇头,说:"我想这次事故只是运气不好,但对坦噶尼喀和比属刚果的 IDB 来说无疑是好事。"

第五章　奥福德先生

地中海上强烈的东风不停地吹,我和布莱兹在明萨酒店我的房间里待了一整天,通读我写的书稿,一边做些修正。我还是不能简单直白地了解越过矿业公司的钻石走私到底是怎么操作的,我向布莱兹问了许多关于矿业公司的安保问题以及如何躲过这些安保措施。

在我看来,从采矿作业区或分类存储室里偷走钻石简直无异于任何形式的盗窃,在一般情况下盗贼拿着他偷到的东西给销赃的人,经他们之手获利。IDB 的运作机制大致是个什么情况我还是想象不出来。走私者怎么找到收购自己钻石的买家?因为布莱兹说过在金伯利和约翰内斯堡,满大街都是警察的密探和线人,在我看来走私者要想把钻石脱手又不被捉住的机会实在渺茫。

那天上午我做了很多笔记,整个过程变得清晰了点,特别是由于此时出现了一个人物,叫亨利·奥福德先生(这不是他的真实姓名),虽然布莱兹没有证据证明他不是唯一做这种生意的人,但我认为他不会是独此一家。

"很显然,"布莱兹说,"要制止走私行为,第一道关卡应该是矿业公司自己。对大多数矿区而言这很容易做到,比如金伯利矿区就是这样;但在有些地方,如塞拉利昂,金刚石矿遍布全国,矿区安全保护无法完全做到。"

The diamond smugglers

"假定我是一名欧洲工作人员,如果我要请假离开某个戒备森严的金刚石矿区,这时会面临什么事情?"

"公司会派车把你带到 X 光影像部,进入一个整洁的候查室,候查室里提供有很多杂志供你等待的时候打发时间。你的行李得放到传送带上缓缓进入暗室,在一台 X 光机下方停下。X 光机上方坐着一个男人,他通过拉杆控制传送带是前进还是停止。

"他会把 X 光直接切入你的行李箱,察看剪刀、拉链、袖扣以及箱子里所有的金属材料制品。他能够通过每一个阴影的形状,认出那是什么物体。

"如果有个阴影是他认不出来的,他会问你那是什么,很可能会要你打开给他看。一切都彬彬有礼,就像非常细致的海关检查。然后,他们会要你进入另一间屋子——男人是一间,女人是另一间,他们得给你本人做个 X 光检查,特别注意你的头发、胃、脚,打个比方说,如果影像师在你的胃部发现斑点,他会告诉矿区经理,然后把你弄到医院,非常客气地给你洗胃。另一方面,X 光机会在你身体的 X 光片上打个标记——每个人都有自己的专属档案——等你下次请假时再拿出来参照。如果斑点改变了位置,或者下次扫描你全身时看到更多斑点,这会证实他对你的怀疑,你当然得再去医院。就跟我前面说的一样,整个过程都很文明、很礼貌,但确实是非常彻底地检查你。

"检查出黑色阴影的,会接受相同的处理,但不会让你在候查室等待,更不会有杂志供你解闷。被检查的人胃里往往有很多黑色斑块,但一般都证实是他们吞下的纽扣、钉子、小石子,只需要看这个白人的戏法是否真的奏效了。他们设法吞下了那么多东西却没伤着自己,真叫人震惊。"

"对普通矿区而言,除了走正门,有没有别的途径能把钻石带出去?"

"很不容易。有些矿区就像一个巨大的集中营,四周都是十英尺高的双层电网,还有守卫牵着狗日夜在围墙内巡逻——顺便插一句,戴比尔斯的阿尔萨斯人是当地农艺展的明星。电线外面是几英尺宽的平直、空旷的地面,想挖地道根本没门。有人试过用弹弓把钻石打出去,但几乎总是在寻找钻石的时候被逮住。而且这还必须得是相当大的钻石才不至于消失在沙地里。还有人试过制作看起来像日用品一般的铅制容器藏在行李里。因为总有人告诉他们 X 光不能穿透铅。但大部分工作人员并不擅长动脑筋想出类似的花招,他们满足于把工资节省下来,工作九个月存下 20 或 30 英镑,然后回到内地他们的村落里花掉。本地矿区的男孩每周大约只能挣到 2 英镑,刚够维持生计。管理人员以及分类存储室的工作人员的薪水是很高的,这些人每天晚上离开矿里都不需 X 光检查,他们是受信任的人。这种管理似乎很有效,这很能说明戴比尔斯的雇员是什么类型的人。除了这些,实际上还是有一两处薄弱环节的,在钻石从矿山作业区运往伦敦之前,对那些决心采取行动获得百万英镑的人来说还是有机会的,但我们不会跟他们说。我跟戴比尔斯公司谈过这些短板,希望他们现在已经整改。

"如果你偷了一颗钻石,带着它通过安全检查的时候,最大的问题是拿它怎么办。对欧洲人来说这无须担心,他们可以把钻石藏起

The diamond smugglers

来,等遇到合适的人,并且绝对确认他不是警方的线人时再拿出来。要不然悄悄攒下一堆,某天辞职离开,去往安特卫普,来到派利克安大街①,这里满大街都是买卖珠宝的经纪人,他们可以在这条街上来回溜达,直到拿定主意,选定喜欢的经纪人,就跟那个人谈生意,很快就能谈妥一切。然后他们就可以揣着 5 万或 10 万英镑开始新的生活。

"但若是黑人手上有一颗钻石,他们只会想要尽快将钻石出手,10 英镑或 50 英镑就够了。亨利·奥福德先生就是在这种情况下出场的。

"奥福德先生是美国人,美国是世界上最大的钻石市场,无论钻石源自何处都不愁卖。举例来说,纽约真的是走私宝石的一个很大的终端市场,但工业用金刚石不在此列。为此,美国海关和警方时不时有惊人捕获。二战以来最大的一个案子发生在 1951 年 1 月,联邦特工在爱德怀德逮捕了一个名叫莱瑟·威特曼的人,他们发现他的鞋跟动了手脚,在里面找到价值 10 万英镑的钻石,进而又在他身体里找到了价值 12.5 万英镑的钻石。威特曼被判了 22 个月的有期徒刑。海关人员说因为他看起来很紧张所以他们拦住了他。一般来说他们总是通过相互竞争的走私团伙破获一个案子,这是一个尔虞我诈的行业。

"但不管怎样,亨利·奥福德先生所经营的生意与走私毫无关

---

① 派利克安大街:是世界钻石交易的中心比利时安特卫普市的一条大街。有著名的钻石交易所。

系。他的经营范围完全合法。1954年12月,我们有个联系人收到了一封通知函,信上是这么写的:

纽约市17号
中央车站,
邮政信箱—

严格保密——特急

亲爱的先生:

毛坯钻石进出口

我们在欧洲的自由市场开有工厂,希望收到没有问题或不会带来麻烦的货……我们准备支付合理的价钱,因为只有这样才能确保你能稳定地向我们供货……这份提议请务必保密,我们可以肯定地说,你若与我们合作一定会成为贵国最成功的商人。

真诚的朋友
亨利·奥福德

"我觉得跟奥福德先生建立联系是值得的,看他这封信的内容他应该是个有趣的人。于是,J. 史泰博先生立刻行动起来,给中央车站的邮政信箱写了一封信,问他的货物怎么运过来、用什么方式支付。

"奥福德先生1955年2月回信了,解释得很清楚。这一次他的信是从法兰克福发过来的:

法兰克福 邮政信箱—

亲爱的先生:

请务必把货物装在信封里,每封20克拉,通过航空邮件发送,不要寄挂号信,货品必须包装好并用胶水粘牢。为了你的安全,寄送时需用你的号码作为寄件人的号码写明,我们需是唯一知道通过谁来装运的人。货款会用南非镑①来支付,通过航空邮件回信发出。我们之所以建议通过非挂号普通航空邮件寄送钻石,是因为这个方法更安全且更快捷,并且没有人会想到信封里装着的是原坯钻石。我对成色纯净且每克拉有2到10颗的白色原钻很感兴趣,可以付到每克拉12到30美元的价格。这会是你一生中最大的机会,请考虑。

真诚的朋友
H. 奥福德

---

① 南非镑:南非原为英国的自治领地,使用南非镑作为货币单位;现在南非通行的货币叫南非兰特,是由南非储备银行1961年发行,取代之前的南非镑。

生死时刻

"他好心地在这份回函上向潜在客户附上了一句交代:

严 格 保 密

我们很有兴趣寻找一位忠诚可靠、值得信赖的代理人,因为我们做生意,只打算跟一位赤诚的非洲之子合作,你必须心系非洲和非洲人民。我们为你提供此生最大的机会,使你有可能获得做梦都想不到的财富,一年总计或可达到100万美元。

坦率地说,这是你一定能够做到的。我们关注的是,非洲的财富应该让非洲人从中受益。既然我们是最大、最有实力的经营钻石原石的公司,我们欢迎你为我们供应钻石原石,从而使你本人以及其他非洲人致富。我们愿意向你承认,非洲出产的钻石原石,属于非洲人民,即使其他人会声称归他所有,也不能改变这个事实。

切记一点,任何一块钻石原石,自你或你与同伴得到它之日起,你便有权自由处置它,根据自由民主世界的海关规定,任何人或组织不准非洲人自由交易非洲货物的,都是违反规则的。

如果你对自己有信心,自认能够建立适当的人脉,也能成功组织开展这项业务,那么我们会指导你和我们一起经营这项生意,而不用你自己承担任何风险。

这封信需要严格保密,以你身为非洲人的名誉担保,绝不把这封信落入不当之人手中。

期待你尽快回信,我们是你值得信赖的朋友,一如既往。

"你看他的字里行间充满智谋。这封信唤起了有一个非洲黑人内心的 J. 史泰博先生的注意,史泰博先生为这篇情真意切的文字所打动,回信到法兰克福说他有一小包钻石,一共 34 颗,重 10 克拉,想以 20 英镑的价格出售。

"奥福德上当了,给了史泰博一个地区代码:3 J. S.,还发给他装运指示:

严格保密
供应商编号 3 J. S.
运货条件:原坯钻石

这是建议你怎么发运货物把运费降至最低,同时在世界范围内尽可能卖到最高价格。

如果按照指示发货,我们可以给你高于其他人出价 30% 的价格,因为这样发货可以帮我们节省费用,作为回报,我们向你多支付一笔费用,增加你的收益。

1. 你需通过航空平信发货(不发挂号信),发平信邮政一收到就会毫不耽误地立即发送;由于美国海关条例规定,如果货物价值不超过 250 美元,不要求入境许可证,便不开封检查,而且原坯钻石在美国完全免税。

2. 通过这种方式,我们在纽约收货不会有任何问题,而且根据美国海关条例,无论从哪儿运来的货物必须四天内予以通关。

3.你发货前只消简单包装一下,用密封带(透明胶带或胶布)把钻石固定在一张纸上,插入信封,但要确保钻石固定处不会位于邮局贴邮票的地方。

4.发货时,信封请只写你的供应商编号,这样无论你位于哪个地区,他人都无法获悉供应商是谁,可确保你的安全。投寄的信封内,除了货物及发货单(注明内装货物数量及克拉数),勿写其他文字。发货单务必不要写价值超过250美元的货物。你尽可放心,无论发货单上标注的数量是多少,我们都会在可能的范围内支付你最高价格。

5.单次信封内装货物不得超过20克拉。

6.付款:我们收货的当天,即以下列方式之一给你付款:

(1)现金寄信方式,你可指定任何币种;

(2)支票,你可指定世界范围内任何一家银行的任意分支机构;

(3)电汇,任何银行均可,要求汇给任何地址和姓名均可。

如果你遵循我们对发货信的指示执行,这是必须的,你就会顺利达成意愿,这些指示都是根据过去的成功经验总结而成,对作为发货方的你,没有任何风险。只要收到货我们就能立即支付你可能的最高货款。

"亨利·奥福德还随信附了一个申报单,这是史泰博填完细节后的复印件,包括他发送的钻石实物照片。

"与此同时,我们通知了IDSO在德国的特工,他与德国海关当局一起做了核对,及时截获了进入德国的亨利·奥福德的邮件,包括发自3 J.S.的包裹。通过德国的这次行动及随后几次行动,他们掌握了奥福德在非洲的不法供货人名单,相当一部分'非洲兄弟'被抓进了监狱。

"奥福德的生意线暂时停止,接着他又回了这样一封信:

亲爱的史泰博先生:

我想要告诉你的是我丈夫在一场飞机事故中严重受伤,现在恢复得很快。因为这个原因,他无法给你发送任何指示。

祝安!

你真诚的朋友
奥福德夫人

"J.史泰博立刻行动,在一封平信里装了5克拉的钻石发运给老的德国地址。

"但这一次亨利·奥福德的思维机器转得很快——他脑子必定特别好使——一下子看穿了J.史泰博,我们收到了一封言辞犀利的谴责信:

亲爱的史泰博先生:

我们对供货人的政策是统一的、真诚的,你给我们发送的

5克拉钻石被德国权力机关扣留了。我们能够很容易地从海关拿回来,但是罚款比我们的赢利还高,无论如何我们会把这批货赎出来。

但你的情况有所不同。我们得到信息你在与英国当局全面合作,包括英国本土和南非。为此,我们不会如你要求的那样支付你20南非镑。

对我们而言,如果南非的某位供货商值得信任,他不用承担什么风险一年赚50万镑没有问题。如果你能证明你确实有诚意与我们合作生意,我们会改变对你的看法,给你最大的机会,没准一生只有一次的机会。

静候回音。

真诚的伙伴
亨利·奥福德
1956年6月11日

"J.史泰博先生完全气炸了,我们很抱歉地将整个案子移交给了美国海关。这些天我一直关注着这件事,想看看精明的奥福德先生最终的下场。"

第六章　百万英镑的赌注

布莱兹约会迟到了,约会地点是明萨酒店的花园。他赶到以后说在夜总会待了大半夜,为了一个表演卡巴莱歌舞的女孩,买了一杯又一杯古巴利布瑞酒——这是一种朗姆酒①和可口可乐调制的鸡尾酒。他很确信那饮料中只有可乐而没加朗姆酒,只是传统"威士忌加水"的替代品。那是个很有吸引力的姑娘,但布莱兹居然很丢人地睡着了,错过了她的演出(布莱兹说他总在夜总会表演卡巴莱歌舞的时候睡着)。那天晚上他同样没能克服睡意,直到凌晨五点才回酒店,那女孩用很传统的方式跟他告别:"今晚不行,或许明天吧。"令他大松一口气。

这一下子提醒了我,我问布莱兹,在非法走私交易这行当里有没有遇到过很多女人——比如矿业城镇里那种漂亮的导游,碰没碰到过香艳的色诱等等。布莱兹伤感地说他遇见的唯一一个漂亮女孩站在正义的一方。他第一次见到这个女孩,是在钻石公司约翰内斯堡总部顶楼的分拣室里。那一天他刚从这栋楼里走出去,正好赶上姑娘们打卡下班。天上下着瓢泼大雨,布莱兹搭载一个顺路的姑娘回家。她知道布莱兹从事跟安保相关的工作(钻石公司也有小道消息),她坦承男朋友有时候跟她开玩笑叫她偷偷拿点钻石回家,方法之一是把指甲留长,然后将钻石用蜡粘在指甲上带出来。她可以每天带回几颗小钻,日常生产中分量微小的损失没有人会注意,但偷回的钻石的重量却会不断增加。她对布莱兹说没有人会拿这种

---

① 朗姆酒:是以甘蔗糖蜜为原料生产的一种蒸馏酒,也称为糖酒。原产地在古巴,口感甜润、芬芳馥郁。有很多系列,虽为甜酒,酒精度也有 38% ~ 50%。

玩笑话当真。在这儿工作的姑娘们薪水很不错,她们以自己的工作为荣。

布莱兹说,一般来说,钻石走私者信不过女人,对她们而言钻石算不上什么太大诱惑。这么多年,只有一个女人在完全无辜的情况下,跟IDSO的道路产生交会,极偶然地卷入了IDSO最大的一次行动,那次行动大到不得不请求政府资助。

布莱兹说:"到现在为止,我已经跟你讲了我和IDSO其他团队成员在南非以及非洲东部所经历的一些事情,关于西非,特别是塞拉利昂的情况我延后讲了,那儿有全世界规模最大的走私活动。

"塞拉利昂精品托拉斯①过去在这个国家拥有遍布全国的矿业及勘探权。但塞拉利昂到处分布着连片的灌木和丛林,事实上精品托拉斯主要集中于方圆130平方英里的一个叫延盖马的地方。这里被列为钻石保护区,没有地方委员会颁发的许可证,任何人都不能在该区域内生活或工作。但实际上你不可能在布满灌木的130平方英里的地盘都建起围墙并随时巡逻,因此总有非法挖掘者能够进入。这个地方时有匪夷所思的事情发生,比方说,当我沿着这一地带随性走走的时候,在某个村庄看见一家挺不错的新酒吧开在破败的商店外面。我问约翰·甘德瑞——当时的延盖马矿区的经理,一个非常优秀的小伙子:'酒吧谁开的?'他说:'哦,是我不久前开的,当地IDB团伙认为矿区经理至少应该开一家酒吧,他们把这视

---

① 塞拉利昂精品托拉斯:1934年,塞拉利昂政府与统一非洲精品托拉斯有限公司达成协议,成立塞拉利昂精品托拉斯。

为值得骄傲的一件事。'

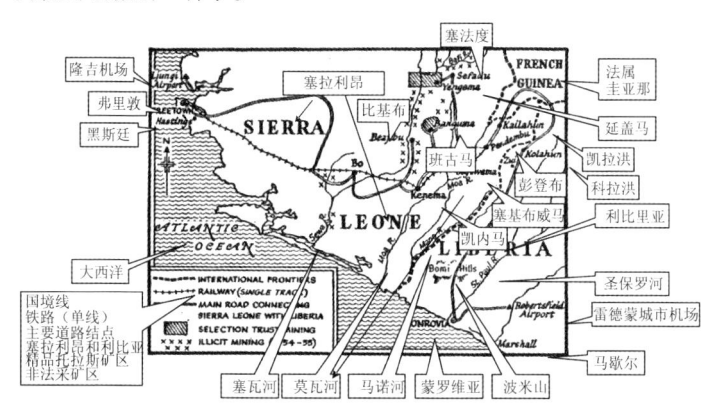

（地图，标注：隆吉机场、弗里敦、黑斯廷、塞拉利昂、比基布、塞法度、法属圭亚那、延盖马、凯拉洪、科拉洪、彭登布、班古马、塞基布威马、利比里亚、凯内马、圣保罗河、雷德蒙城市机场、马歇尔、大西洋、国境线、铁路（单线）、主要道路结点、塞拉利昂和利比里亚精品托拉斯矿区、非法采矿区、塞瓦河、莫瓦河、马诺河、蒙罗维亚、波米山）

"你看，多年来政府没有足够的钱也没有足够的警力对此有所作为。甘德瑞有保安人员，但 CID 在弗里敦的领导伯纳德·尼伦，只有一名助理，尽管在优秀的行政长官司比尔·西尔领导下，塞拉里昂警察部队是一支优良的男子部队。在非法矿工中间还盛行着一种观念，塞拉利昂的土地属于塞拉利昂人。

"塞拉利昂遍地都是钻石，大多数分布在河流流经之地，比如巴菲河、塞瓦河，以及较小的溪流如沃河、塔薇河、莫瓦河——都是几百英里的小河与沼泽。即使有几千名警察和若干架直升机，天知道，对这个地区遍布的非法采矿点你根本做不了什么。成群结队的矿坑探险家每天晚上都来，沿着河流的两岸开工，昼伏夜出。如果你坐一架小型直升机飞一圈，或从灌木丛中砍出一条路，你就能看见每天早晨河岸边都有新挖的坑洞。

"1954 年 10 月我发了一场高烧，然后前往弗里敦去调查那些废墟。自从18世纪末期英国人从英国港口带着400名解放了的黑人奴隶和60名白人妓女在这片殖民地定居下来,这里就被叫作弗里敦了。那是一段非同寻常的历史故事。另外从法属几内亚和利比里亚迁徙而来的一些部落以及其他天知道是哪里来的群落,在不同时期汇入这个国家,形成了现在奇妙的土著人,外加少量英国官员和商人。实际上这里没有欧洲游客来,偶尔有商务差旅人员来到此地。后来这里建立了一家旅馆,取名'城市酒店',有十二间客房。这个城镇实在算不上有多好。作为英国领地,有人甚至为它感到羞耻,特别是参观过比属刚果的利奥波德维尔①或伊丽莎白维尔②以后,这两个城市干净整齐得如同布鲁塞尔或安特卫普。当然,比利时人未能建成庞大的殖民帝国,但他们付得起大笔资金和能源用在他们的既有地盘上。我们拥有的领地零零散散地遍及全世界,哪有足够的钱和热情面面俱到。不管怎么说,塞拉利昂毫无疑问是接近于非洲社会最底层的一个国家。

"所幸我投宿的酒店是精品托拉斯下设的休养所,位于山地度假区,那里可以鸟瞰弗里敦市区,很多政府官员在那里建有别墅。跟弗里敦杂乱的市区相比,这里简直如同豪华酒店。但由于靠近丛林边缘,我有一天早晨在阳台上发现了一条眼镜王蛇,服务员杀死

---

① 利奥波德维尔:即刚果民主共和国的首都金沙萨的旧称,原比属刚果的首府,是中部非洲的最大城市。
② 伊丽莎白维尔:刚果民主共和国最重要工矿城市卢本巴希的旧称。

了它。一连好几天我坐在酒店里跟 CID 的尼伦说事儿,然后穿过丛林去延盖马,听精品托拉斯那帮人讲故事。他们都是些很棒的男人,在这个倒霉地方为公司连续工作多年,但从安全的角度讲,这个位置是没有希望的。筛石厂位于离这儿几英里远的地方,更偏僻。如果当地安全官员想跟这些工厂或是警方联络,必须派一辆吉普车穿过灌木丛,还要跨过一条充满鳄鱼的河,这条河必须摆渡才能过,而摆渡船只有白天有,并且汛期河水泛滥的时候根本没法过河。那里甚至没有无线对讲机系统。我在那儿的时候,首席安全官哈利·摩根从一名线人那儿得到消息,有人正在离延盖马几英里的地方偷偷挖矿。他带着人手,给几个非洲警察打电话求援去抓捕他们。等他们找到那个地方时,那些矿工早已消失在夜幕中,身后留下 200 多个坑洞。开采出来的钻石分好类包装入罐,每月两次送上火车,以平均每小时 11 英里的速度驶过被雨水冲洗得干干净净的单线铁路,从延盖马运抵弗里敦机场。这是一个长途跋涉的过程,普通人难以想象。就在我到这儿之前,两大批货在从弗里敦运往英格兰的途中不知何时不翼而飞,好几天后才有人发现货没了。

"所以你看看这局面,完全是混乱的,这个国家对非法采矿简直是敞开大门的。"

我问:"走私的人是从哪儿进来的?那些矿工怎么把钻石送出国,又送往何处?"

布莱兹说:"塞拉利昂跟利比里亚之间的国界线有 200 英里的开放地带,那是一条长年有水的河流,曼丁果土著居民可以横渡。该部落居民非常聪明,他们以极其低廉的价格从挖矿人手中买入钻石,然后把钻石带到蒙罗维亚(利比里亚首都),这是走私线路的第一阶段。在那儿他把钻石卖给来自安特卫普或其他地方的商人群体——蒙罗维亚满大街都是这种从比利时或贝鲁特来的生意人。这些商人给曼丁果人提供酒店住宿,包下所有费用,带他们坐着出租车四处转,给他们提供手表和粗雪茄让他们富裕起来,然后公开向他们收购钻石。利比里亚人对整个买卖视若无睹。光是对出口许可证和经销许可证的销售就给这个国家及其黑人官员的口袋带来不少的财富,这是一种完全受人尊重的洗白。你看,传说这些钻石是利比里亚金刚石矿出产的利比里亚钻石。当然这些所谓利比里亚金刚石矿根本不存在。稍后我再告诉你利比里亚唯一的一个钻石矿的实情。"

我问:"交易规模有多大?"

布莱兹耸耸肩,说:"实际上塞拉利昂的政府官员也承认钻石交易规模大约在 700 万英镑,远远高于塞拉利昂精品托拉斯一年的产量。但我估计这个数字应该达到 1000 万英镑。这只是一个猜测,基于我们在蒙罗维亚启动的收购业务,我是这么估值的。你看,这一次我们终于迎来一次好运,一个从蒙罗维亚来的做钻石生意的德国商人,我们叫他维利·罗森的,跟尼伦有交往,跟他讲了个中情形,尼伦把罗森的大致经历讲给我听。我受到启发,写下我的工作报告,收拾行李飞回伦敦。有一个因素对我有利:维利·罗森已经跟尼伦说他会站到我们这一边。

"我并不确切地知道维利·罗森的动机是什么,我至今都不知道,也许其中一部分是为了钱,但更重要的也可能是因为罗森他一生中大部分时间是个难民,想逃离利比里亚,到西方定居。他想要一本护照去英国做生意,他和妻子两个人都有社交野心,想立足于英国社会。

"维利·罗森出生于德国斯图加特市,父母皆为德国犹太人,父亲死时他只有 13 岁,在瑞士上了三年学,到他 17 岁时,希特勒开始了对犹太人的大屠杀,罗森逃亡南非,在那儿从事过多种工作。战后他遇见未来的妻子丽梭,她在约翰内斯堡工作。丽梭就是我告诉你的那种女人,不过她在这个故事中只是个跑龙套的,是什么样的人不重要。几经周折之后,他们在利比里亚建立了一项代理业务,罗森的能力和魅力加上丽梭的智慧,使他们很快在那个破烂落后的社区崭露头角。罗森把握机会成为一些销路很好的进口商品代理商,到 1954 年我们遇上他的时候,他手下已经有 6 名德国员工。他打入钻石生意,也投资当地的房地产。这表明,跟其他欧洲商人不同,他与这个国家是真正的利害攸关。罗森小心翼翼地遵守进出口条例,他做生意只求薄利,形成口碑,在利比里亚政府圈子内形成好印象,顺带着我们后来也因他受益。

"我们把这些情况汇报给在伦敦的斯利托,他们同意我们启用罗森并资助他的活动。我把这个信息报给了弗里敦 CID,双方很快排除了对罗森加入我们的所有疑问。罗森于 11 月 25 日飞往弗里敦,跟尼伦秘密约会,他揭发了一个黎巴嫩的钻石商,他有多个名字,其中一个是芬克尔,他邀请罗森检验一包来历不明的钻石,说是在利比里亚碰到的就买了下来。

"罗森与芬克尔定于 28 日星期天晚上见面,他建议尼伦趁他们会面之时突然袭击。尼伦同意。那天晚上,天气酷热无比,他带着人手包围了那间房子。可惜因为担心引起周围人注意,他未能封住所有可能的逃跑路线。

"尼伦给罗森预留了二十分钟谈生意的时间。二十分钟后他带着早已潜伏在花园里的三名手下撞开大门,冲进客厅,现场顿时炸窝,一场混战爆发。芬克尔是个精干的打手,反应很快,一脚踢中罗森的面部,在其他三个黎巴嫩人帮助下,跳出窗外。他跃下二十五英尺落在隔壁花园的洒水壶上,但没有受伤,在夜幕中逃跑了。他的妻子桃乐丝怀着身孕,显示着要早产的征兆,但在尼伦和他手下的连声安抚下,保持镇定。房子里恢复秩序以后,他们在地板上捡到了 35 颗钻石,第二天芬克尔被跟踪上并以非法持有罪名被逮捕。但没听说他被提起指控,芬克尔不知用了什么办法逃出了这个国家。他被列入禁止移民的黑名单,过了好几个月以后,我们跟踪到他出入贝鲁特一家著名的钻石商人的家里。

"无论如何,罗森的行为证明了他的忠诚,1955 年 1 月我们安排他飞往伦敦商谈正事,是就双方都感兴趣的主题。在伦敦,罗森跟他们讲述了最近三个月他所经手的来自蒙罗维亚的钻石的出口情况,出口量一直呈稳步上升态势,截至 12 月他出手的最后一包钻石价值近 10 万美元。罗森确信他的进货量至少可以维持在 12 月份的水平。经过一番谈判,伦敦方面同意我们使用罗森作为我们在蒙罗维亚的秘密买手。我们会尽量收购黑市渠道交易之外的利比里亚人中零散流出的所有走私钻石,投入伦敦的合法销售机构。

"有一个很大的障碍,在利比里亚,罗森收购钻石必须支付美元,另外还须为钻石公司收购的货物支付美元,这需要很大数额的美元,我们很难争取到,唯一的解决办法是把整件事报告英国政府,把我们的计划公开摊在桌面上。幸亏钻石贸易对英国的重要性非同小可,白厅(英国政府)并没费太大劲儿就被我们说服了。有一个事实特别触动他们,蒙罗维亚市面上的工业钻石全被一家代理商收购卖给苏联,经由安特卫普和苏黎世透过铁幕投入苏联的军工产业。还有一个事实也令他们印象深刻,我们应该遏制钻石在黑市上的大批交易,那本应该通过正当的英美贸易为英国赚取美元。

"简而言之,掌权者同意支持我们,首笔资金拨付价值50万英镑的美元,后来,我们支出完这笔巨款后,他们又拨款50万。"

布莱兹轻轻笑道:"还不错,得到了女王陛下政府给予的百万英镑的资金投入!这些政府公务人员还是很有胆识的。金额如此巨大的一个拨款计划,几乎没有争议,从提出到决定也就是几个小时的事情。"

第七章 威瑟斯彭议员的钻石矿

从我们到丹吉尔开始,就引起了这座城市的热切关注。丹吉尔是个小地方,英国人的新面孔在这里很稀奇。我和布莱兹以及令人钦佩的桃乐丝·库珀小姐——她是驻外办事处工作人员,同时也帮我打手稿——我们一起经历了一场日常审讯。我自己出现在那儿的原因很好解释,我可以说我在写一本以丹吉尔为背景的惊悚小说,或者也可以说在为我的报纸专栏写一篇以摩洛哥为主题的文章。但布莱兹是谁?他刚从祖鲁兰飞过来,通过航空公司很快就能查出来,只要跟他说几句话就可以很清楚地看出他对非洲很了解。但若有人问他到底是干什么的,布莱兹会回答:"从事调查研究之类的工作。"他一般会这么含糊地应付一下,而我就做不到这样轻描淡写地化解问题。我在丹吉尔有几个好朋友,他们决心刺探我和我这位祖鲁兰同伴的秘密。

被他们逼得没办法,我只好暗示他们我在写一本科学探索为主题的书,问他们是否听说过腔棘鱼①,并告诉他们布莱兹就是研究这种著名的"断链"鱼的专家。

好无聊!我的朋友们眼神里透着漠不关心,不再讨论这个话题。在迪安酒吧(丹吉尔的一家酒吧)没人关心这种绝迹几千万年又重现的鱼类,没有哪个人对腔棘鱼的知识有所了解,自然也无人会提问。很快话题变成了布莱兹是发现腔棘鱼的那个人,他捕到了一条活的腔棘鱼,那是他在酒店里洗澡时发现的。

布莱兹对他的"采访"感到很高兴。他建议我们做一个由好奇心塑造而成的椭圆形容器,这样他可以随身携带那条鱼,偶尔他会掀起盖子往里看,说不定会丢点异国风味的食物残渣进去。然后我们一致觉得这未免扯得太远了。

---

① 腔棘鱼:又称空棘鱼,因脊柱中空而得名,在三亿年前曾经繁盛一时,可在地球生物由海洋向陆地进化的过程中,不知什么原因,已经生出四肢的它又回到了海洋中生活,而且在几千万年前就已经绝迹了。直到1938年在南非发现了活着的腔棘鱼,从此,腔棘鱼便称为"恐龙时代的活化石"。

布莱兹不爱笑,但说到腔棘鱼的时候他笑了,还有一次他跟我讲到议员威瑟斯彭的宝石矿的故事时也笑了。当时是在索科奇科的一家咖啡馆里我听他讲的这个故事,索科奇科是丹吉尔市的一个贼窝,地痞流氓、走私分子、毒品贩子扎堆的地方,那帮人无恶不作。

布莱兹说:"罗森经营的生意进展顺利,到 6 月底的时候,100 万英镑的资金我们已经用掉了一大半,成功扭转了蒙罗维亚整个地下钻石交易。自从罗森大手笔买卖之后,市面上的生意只剩下一点渣,几个做钻石生意的人发现赚的钱还不够支付日常开支,就卷铺盖走人了。我们也对利比里亚地下交易的总数有了一个更准确的判断,我们一致认定从塞拉利昂精品托拉斯走私出来的钻石数量至少是这些矿区总产量的三倍。

"罗森的生意做得很不错,不仅替我们买卖的那份,他自己那份也都开展得很顺利,为此他获得了 15000 英镑的奖励,他太太丽梭·罗森戴着一枚适于公爵夫人的钻戒出席了颁奖典礼。另一方面,罗森为我们工作的风声渐渐泄露出去,他在蒙罗维亚的位置变得不仅招致嫉妒,岌岌可危,他经常受到来自竞争对手雇来的黑帮的暴力恐吓。

"但他是个很坚强、开朗的人,本人个头小小的。我最后一次听说他的时候,他仍在原地坚守,做得很好。

"我们百万英镑的地下钻石收购业务仍在进行中,IDSO 仍致力于调查传说中的利比里亚金刚石矿,这是出境黑市钻石的源头,利比里亚人一直顽固维持的神话。我们找到了这个谜题的答案,我很想知道英国政府将于何时跟利比里亚摊牌。你看,一包钻石一旦得到无论世界上哪个国家颁发的合法出口许可证,就能高枕无忧地合法买卖,于是利比里亚钻石就涌进安特卫普(以安特卫普为例),这是一种合法的流入渠道,比利时政府什么都管不了。钻石合法进入比利时,再流入派利克安大街上的钻石经纪人之手,其中大部分再次出口到相当数量的苏黎世的各个商家,再从瑞士出境至铁幕背后的国家。

"因此我们想确切地知道利比里亚是否真的有钻石矿。表面看来,没有理由断定它那儿没有,我们的地质学家说很有可能利比里亚的河流在它流经的漫长流域里会挟带有金刚石矿砂,就跟塞拉利昂的情况一样。我们想调查即无从下手,英国和美国驻蒙罗维亚的大使馆同样担心这个问题,但也同样一无所获。利比里亚政府拒绝披露关于矿区位置及其产量数字的任何信息。幸运的是,在 1955 年 3 月,参议员威廉·N. 威瑟斯彭阁下上任,威瑟斯彭议员正好是利比里亚众议院矿山矿业委员会的主席。

威瑟斯彭议员写信给精品托拉斯在伦敦的总经理,说他拥有利比里亚某金刚石矿开采权,他需要技术及资金帮助去开采,他提出欲拜访精品托拉斯伦敦公司进一步详谈。

"IDSO 建议精品托拉斯表露出兴趣。这位黑人议员择日抵达伦敦,首次与精品托拉斯会面时就坦陈,拥有利比里亚唯一的金刚石矿开采权的就是他家——杜布雷德公司,蒙罗维亚以北 100 英里的丛林地带,小地名叫祖伊。

"这位议员说他已经在丛林里清理了一块土地做飞机跑道用。他现在希望塞拉利昂精品托拉斯提供资金和设备用于他的矿区生产。如果他们同意,他愿意提供该项目三分之二的股份给他们。

"这似乎是个非常好的机会,可以深入整个利比里亚传说中的钻石行业,我们建议精品托拉斯回复说他们需派两名地质学家去实地考察以后再全面答复。

"威瑟斯彭议员表示同意。精品托拉斯选派两名人员,一个是他们的高级野外地质学家 P. M. R. 威利斯先生,另一位是延盖马的首席安全官哈利·摩根,他专业知识丰富,能力足以充当一名勘探员。

"四月初,威瑟斯彭写信说他已经做好迎接摩根和威利斯的准备,信中还表示他对钻石贸易跟对钻石采矿一样感兴趣。"

布莱兹翻了翻他手中的纸张,说:"这是他 1955 年 4 月 7 日写的信,发自蒙罗维亚克莱大街 19 号。"

> 我们矿产面临的困难总算解决了,我在此附上利比里亚立法部门最近通过并公开宣传的相关主题的法令。这可以给你们传达一些信息,涉及这个共和国的矿产法规,我们现在的情况进展到何种程度。
>
> 我收到你们塞拉利昂公司经理的一封信,通知我将选派摩根和威利斯两位先生来利比里亚参观我处,并请求办理签证。我今天已经把签证申请递交我们的外交部了,等收到我国外交部的指示后我会立即通知他们。
>
> 在此我可以说,由于已经通过法律认可,目前钻石收购在利比里亚是一项很赚钱的生意,通过日常采购的数量所赚取的利润胜过其他任何投资。国家法令修改了海关税率等,指明原

来的方式继续有效。据此我们可以即刻组建利比里亚合伙企业,我们在世界范围内任何一家银行开户存款1万美元,银行方能开具验资证明,我们就可以启动项目,快速致富。尽管从法律上来讲,合资公司允许我享有上述50%的权利,尽管未来合资公司协议上会这么写,但我不需要占这么大份额,我相信我们的商业合作前景会很好。我们这里钻石买家众多,但多数受制于资金短缺,往往会导致客户对他们及其财务能力失去信任。如果带资金来利比里亚投资,只要遵守利比里亚法律,发展方向合理,便能赚得盆满钵满,这正是我准备指引给你们的方向——钻石开采。他们的购买力不可限量。

如果你们能很认真地研究此事,我会很高兴,期待你们派人来就此事与我开诚布公地谈判,切合实际地成立我们共同的公司。甚至公司还没开张,他们就已经等在这儿了,会有惊人的购买量,只要我们有资金供货。就投入的资金而论,需要的数目不是很大,只要能够买下一周的出货量,资金能够周转得开。

除此而外,我已为贵方派遣人员安排好食宿,就住在我家里,为他们提供全方位的法律指导和安全保卫,会提供货品给他们看。

如还有别的需求请尽快发电报给我,我将提供宾利第5代给贵方人们用,以及关于钻石收购事宜,你们对我的提议有何意见请一并说明。

如果你们同意与我联手收购钻石,一方面你们会获得利润，同时也能带动我们的采矿事业发展，我确信这份努力会取得最大成功。贵方人员一到，我会拿出样品和证据给他们看。此外，我在整个利比里亚都玩得转，我能拿到符合法律要求的勘探许可证，确保每个环节都合法经营。只需要你们的技术和资金。恳请尽快回复为盼。终于将这些想法发给你们，我现在感觉轻松多了。

诚挚的朋友
威廉·N.威瑟斯彭

"精品托拉斯没有感到吃惊。为了获取关于利比里亚的重要情报，他们同意我们前往推进先前的计划，但应当自然地拖延任何关于建立大量收购生意的提议。同时还决定，对罗森经营的生意，不要告诉摩根和威利斯二人。我们很高兴有机会得以独立了解蒙罗维亚人的钻石贸易概况。他们于 5 月 10 日从弗里敦起飞，开始了这份真正风光无限的工作。这里有一份摩根的日记，随附在工作报告里呈报给 IDSO 的，事实在此，我说什么都比不上你亲眼看他们的纪实好。"

摩根的日记

5 月 10 日

我和威利斯飞抵蒙罗维亚，威瑟斯彭先生来机场迎接我们,把我们送到约翰逊酒店,跟我们乘坐同一航班的有宽街旅行团成员亨利·布拉瑟,一个刚从欧洲返回的商人。通过入境事务处的时候,工作人员给我们拍了照,采集了指纹,让我们签署了一份不是共产党员的声明。我的职业在表上写的是"矿务经营者"。

5 月 11 日

早上与威瑟斯彭见面,起草我们的计划。我们非常清楚地跟他说明,计划中必须包括参观利比里亚所有或任何一家金刚石矿——他非常明确地告诉我们,利比里亚只有一家金刚石矿,便是他的,或者说是杜布雷德公司的,地址在蒙罗维亚西北偏北约 100 英里远的祖伊,只能乘飞机或步行到达。

威瑟斯彭表示很有可能其他地方也有金刚石沉积矿,但显然尚未开发出来,他说他作为矿业与开采委员会的主席,要去了解这些情况。

我们通过个人观察,也问了很多了解内情的人,确认在利比里亚没有发现其他金刚石矿,除了祖伊这块儿,没有人认为利比里亚还另有金刚石矿存在。

这次会面,威瑟斯彭建议我们公司在利比里亚开个钻石收购代理处。根据伦敦方面的指示,我回复说伦敦总部很感兴趣,但期待能看到他之前答应的钻石样品,以便研究一下可供出售钻石的类型。既然他建议我们开采购代理处,我就有理由打听相关问题:可收购钻石的总量、可能遇到什么样的竞争、来自哪一方面的竞争、想让我们开代理处的理由。我也借开代理处为由，要求看更多的蒙罗维亚钻石。

5月12日

今天晚上他们带我们去拜访威利·罗森，德国钻石买家，他雇了两名30岁的钻石专家帮他打理生意。

罗森拿了几袋钻石给我们看，99%是塞拉利昂出产的品种，我估计重量不会少于3000或4000克拉，他说这是两天的采购量，从塞拉利昂曼丁果人手中买入。

他从其中一袋中拿出几粒钻石，描述说这是典型的利比里亚钻石，重量在5—6克拉之间，圆形，跟产自法属圭亚那的钻石相近，但后者宝石产量比例要高一些。

罗森坦言他的钻石来自塞拉利昂，数量上不好说。这么直说并未使威瑟斯彭感觉尴尬，他似乎比较高兴，因为这恰好证实他所言不虚，的确有足够的钻石产量值得我们开一家采购代理处。

从罗森那儿出来，我们直接去了布拉瑟下榻的斯度朵酒店，他与杜布雷德矿业有限公司的朱列叶斯·贝澈是合作伙伴。我们与布拉瑟碰了面，跟他在一起的还有一个阿美尼亚人叫阿达瓦斯特·波万连，他常驻祖伊，负责管理那里的矿区。布拉瑟拿了一颗15克拉的钻石给我们看，这是阿达瓦斯特刚刚开采出来的，还拿了一颗500克拉的塞拉利昂钻石，他说这是他在利比里亚买的。

他听说我们要去祖伊实地考察的时候,似乎大吃一惊,很明显他是第一次听说这个地方,尽管他是那家公司负责人的合作伙伴。

从那儿出来我们去了一家冰淇淋店,在那儿有个名叫海尔的埃及人,出产并公开出售一颗64克拉的钻石。现在已经是午夜十二点十五了。两周以后我们在威利·罗森家里,在更好的光线下看到同一枚钻石,他以每克拉30英镑的价格买下了它。看完这些钻石,威瑟斯彭再次对我们说,如果我们公司在这里开设一家采购代理处是一件很好的事情。

5月13—15日

这两天我们买了露营装备和食品,找了一架有执照的飞机,准备16号坐飞机去祖伊。

我们拜访了英国领事戴维·米切尔和英国大使卡珀先生。卡珀先生个人表示很惊讶,利比里亚居然准许我们去参观他们的矿区,考察钻石产量,这对无论是英国政府代表,还是任何一家英国公司(哪怕声誉良好)来说,都是前所未有的事情,甚至连此类人想察看一眼他们从走私犯手中抓获的一包钻石,他们都予以拒绝。他问我们是否有可能通过外交部发送一份调查报告给他。

美国代理大使弗兰克·魏尔提出给我们提供尽可能的帮助。他似乎很关心东方与西方之间的钻石贸易。他答应帮我转运一些从利比里亚出口的钻石。

布拉瑟早就意识到我们实地参观的意义,在我们临走之前竭力阻止我们投机内地,他对我们说祖伊的飞机航线不安全,既然这里下雨,除非迫于压力,不然飞行员到了那边不会冒险着陆;下了飞机还要走六个半小时的路,穿越闷热又缠人的丛林,里边充满危险的野生动物,像非洲野牛(丛生牛)、大象,以及豹子等等。

5月16日

我们包租了一架飞机飞往祖伊,机型是只能搭载一名乘客的 Piper Cub, HB ooX 轻型机,驾驶员是马克斯·坡普。我先顾自己,带着所有露营装备,在我的座舱周围码放了一圈。三小时后飞机带来了威利斯和威瑟斯彭的非洲用人罗伯特·约翰逊,他蜷伏在乘客椅后面放行李的地方。飞机跑道足够用了,我坐在飞机里向外看到的动物只有猴子和河马。从飞机跑道到祖伊小镇的步行距离约一英里,从镇上再到采矿营地需要再走十一英里,我们历经了三个半小时的艰苦跋涉,包括划着独木舟穿过马诺河。

利比里亚唯一的金刚石矿——杜布雷德矿业公司的营地,由几栋本地土房组成。房顶是棕榈树叶子做的,墙是泥土垒的,我们住了其中一栋。这个营地足以容纳至少五十到七十名当地土著民,但在我们到访的那段时间,整个营地只住了十二个人,包括我们的搬运工。

我们参观的矿井离营地有半英里,在康波河边的灌木丛中的一小片空地里,地表均被翻垦过,面积大约有 2500 平方码(边长 50 码的正方形)。我们到访的时候,有九个人在矿上作业,使用最原始的工具,每天大概处理 1 立方码的矿料。他们的装备包括三个乔普林钻机、一套脚踩式摇杆、头盔、铁锹。

矿上的领导是弗朗西斯·哥贝勒,已经提前得到指示,不给任何帮助,头三天故意刁难下我们。我们送给了他一些礼物,后来到了要走之前,他自愿提供了很多信息,拿出了我们在那儿的那几天挖出的钻石给我们看。这些钻石符合我们在蒙罗维亚看到的利比里亚钻石品种特征,也跟我们在矿井区下方 200 码处,康波河河床的坑洼里找到的一颗钻石相似。

5 月 17 号

那个阿美尼亚人阿达瓦斯特到营地来拜访了我们,他警告我们不要插手他的矿区,说如果我们硬要插手的话,他将不得不阻止我们。他想要我们给他一个承诺,将我们的工作报告给他或布拉瑟一份,但我们没有这个义务。幸亏他待的时间不长,他走了十二英里来对付我们,又不得不当日返回。

5 月 18 日

我们在康波河里挖了几个坑洞,淘洗里面的沙砾,搜索里面的精华和宝石,发现了一个小小的利比里亚型钻石。这不可能是谁布下的,而是我和威利斯亲手淘出来的。

我们的装备来源于威瑟斯彭议员给我们配备的四个镀锌

浴盆,把盆底拆掉,装上筛网,网眼从8毫米到1毫米规格不等,我们就以此为工具来淘沙。

5月19日

白跑了二十五英里到祖伊,又从祖伊走到飞机跑道,我们包的飞机在那儿等着带我们做一次侦察飞行。飞机迟迟不来,一直到凌晨三点半我们已经顺着跑道往回去的路走了两英里的时候才到,我们赶在夜幕降临之前回到营地。

5月20—24日

这段时间我们挖了一些坑,走了很多路,去寻找其他地方有没有矿产的迹象,从任何一个愿意讲话的人那儿收集信息。可以得出一个结论,在祖伊附近没有其他金刚石矿。

很显然在祖伊开矿不是一个很经济的提议。

威利斯无法像刚开始计划的那样走回塞拉利昂,原因有二:首先他腿部受伤,有两天时间完全不能动弹,并发展成败血症;其次我们在祖伊时收到了威瑟斯彭的一封信,他提醒我们不要试图穿越边境,他不想要我们因利比里亚军队的行为活动而招致羞辱。

5月25日

回到蒙罗维亚。

5月26日

我们遇到一个名字缩写为 I. F. 的人,他不久要路过英国,这个人要我写一封介绍信给伦敦办公室,他携带了一袋钻石想卖掉。我警告他私自携带钻石会卷入风险,他回答说:"这么说吧,我有外交护照。"

下午,去拜访了矿务地质局,与利比里亚相关领导阿瑟·谢尔曼会了面,他邀请我们去他家里。他很关注我们的行动,有点怀疑,不做承诺。

晚饭跟威利·罗森一起吃的,他带来了很多小道消息。

5月27日

去入境事务处办出境签证,没办成,因为负责办此事的警官收到了司法部的投诉,说我们违反法令进入内地。我们告诉威瑟斯彭,他后来陪我们去入境事务处,把我们的护照交给负责警官,那警官命令我们"在这几处签字",我们连说"警官,谢谢你的通融",之后离开。

5月28日

利比里亚的钻石买家发起了一场声势浩大的会议,讨论如何采取行动抵制威利·罗森高价收购抢生意,几乎独占市场的行为。他们提议把这件事上报给塔布曼总统,控诉威利·罗森是钻石行业的特工。

5月29日

我们付出巨大努力终于摸清了利比里亚钻石出口的数据。之前没有人,之后也没人能得到这些数据,唯一一次公开发行的数据是1954年发布的20000克拉。这些数据不可能出自利比里亚矿区。与此同时美国代理也在努力调查这个数据,但未获成功。

那天晚上在大使馆喝酒。我们必须提早离席,要去迎见塔布曼总统,但总统没有现身。

5月30日

5月30日,在我们离开这个国家之前的一个半小时,布拉瑟和贝澈来约翰逊酒店拜访我们,以很粗暴的态度问我们在内地都做了些什么。我们跟他们提起威瑟斯彭阁下,他们说威瑟斯彭已经把他矿产的所有权益卖给了他们,换得10%的利润分成,他们有文件可以证明。我回答说我们在开始采矿作业之前,我们的律师当然希望详细考察所有相关文件。正在此时,威瑟斯彭来了,他护送我们到达机场。

14时整——飞往弗里敦。

当我看完这本日记,布莱兹失望地评论道:"威瑟斯彭议员的钻石矿就到此为止。顺便说一下,利比里亚每年涌向全世界的钻石总价值达数百万英镑。"

第八章　问题的核心

在很大程度上,布莱兹对他这三年遇见的人的评价还算是比较温和的。他提到走私者时用的是被逗乐的、善意的语气,警察谈起他们抓获的坏蛋时经常使用的也是这种方式。布莱兹对那些偶尔妨碍自己工作的官员从未显露过愤恨的样子。官员有官员的工作要做,他很明白自己这样的人,来自伦敦,底细不明,背后支持者是钻石大佬欧内斯特·奥本海默,还四处打探、提出建议、质疑他们的效率——令人反感是正常的。

但说到利比里亚,布莱兹的语气是严厉谴责的,他有足够的理由反感这个国家,正如我们都看到的那样,他鄙视那些喜欢听歌剧的黑人公职人员,但某些白人就更别提了,他们站在那些官员背后唆使他们贪赃枉法。

利比里亚毕竟是第一个成立黑人国家,是遍及世界各地的有色人种心目中的乌托邦,如果这就是黑人解放的模式,布莱兹对加纳及西印度群岛联邦的未来不抱有希望。

布莱兹对塞拉利昂上届政府某些成员也持批评态度。当整个英属殖民地瓦解的时候,他们转移视线故作不知,他不喜欢这种不负责任的态度。接下来塞拉利昂政府对非法采掘和钻石走私放任自流,毫不作为,布莱兹批评他们在对整个英属殖民地失去控制权的时候无所作为,是罪人——对此我不尽认同。

"你会看到,"布莱兹说,"到1955年年中,我们已经掌握了世界上最大的钻石走私黑市运作的大致情况。金伯利矿区有少量钻石流入地下,位于奥兰治蒙德的统一钻石矿业偶尔也有少量钻石流入地下。比属刚果的钻石走私则从坦噶尼喀的威廉姆森矿业开源,汇成稳定的涓涓细流,这些问题主要在于安保环节的物理措施没有实施到位,我们提出了各种各样的建议,一般是减少接触钻石的人员数量,从矿内作业区到管理人员的安全防卫。就 IDB 总数而言,从地下传送者到非法买家及加工者,我们已经看到被捕者众多,数百人的名字被列入黑名单。但所有这些跟塞拉利昂的走私洪流比起来都是小巫见大巫,在这个国家,走私活动并不见得组织得多么高明,但是整个英属殖民地,就爱尔兰么大块地方,其法律体系和政府当局完全呈虚弱无能状态。这当然不是塞拉利昂精品托拉斯的错。在塞拉利昂,除了开拓进取的精品托拉斯公司,可能从来没人没听说过钻石行业。错在当地政府,执政能力太疲软,放任自流;白厅(英国政府)也有错,太疏忽大意了。1954 年我们看到的这幅情景,没有人喜欢看到其国内非法采矿失控到这种程度,包括精品托拉斯或塞拉利昂政府在内。几个月后,形势愈加恶化,以至于当地报纸上看到新闻的每个人都认为是塞拉利昂精品托拉斯而不是非法采矿者违法犯罪拖垮了这个国家。这种局面最终以政府机构局部坍塌而终结,1955 年末,塞拉利昂大部分地区爆发严重暴乱,导致由赫伯特·考克斯爵士领导的调查委员会临时执政。这一切都记录在《考克斯白皮书》里,你可以看看,就是这一段。"布莱兹快快翻阅那本白皮书,用铅笔画过一大段:

兹调查发现,彼政府公务人员,自履行其职责之日起,道德败坏,令人发指;贪赃枉法,大行其道;习以为常,众皆失声。腐败当道,初始,民众尚可勉力接受、无限忍耐;日久,恐吓逼迫民众接受;至终,百姓揭竿而起……终致人际间信任缺失,民众之于政权疑虑不止,民之尊严与信仰,皆需重建,官之廉正诚信,甚难实现。

"总之,全都是政治问题。我只想表明一件事:在那种氛围下,做任何情报工作或安全工作都毫无意义。我们尽己所能去帮助警方,一次又一次地向政府当局努力进言怎么解决事情,但我们所见过的官员只会状若贤明地点头,实际上根本不作为,并盘算着如何从中弄到5万英镑,至于是贿赂礼金还是税收他从不在意。更遗憾的是,部长成员跟国家首脑抱怨,即期票据扰乱了国家贸易,可能导致麻烦,于是相关官员就被招来紧跟着收回他的款项支付申请。

"弗里敦的IDSO发表意见说政府倒不如向海关发出命令不要在机场搜查非法钻石买家,他们一旦被抓住坐牢、钻石被查封,反而影响当地贸易。

"1955年一晃而过,这个国家的情况越来越糟,不过各矿区加强安全防护的手段也开始慢慢起到作用,钻石产量从1954年12月的25000克拉增加到1955年7月的42000克拉。摩根在各矿区抓了很多贼,但偷盗事件仍然层出不穷。每抓捕一次,产量立刻就上去了,但很快又下去了,因为另一伙小偷又开始了。国家的混乱情况甚至影响到了摩根的非洲警卫,特别是在存储室,钻石在这里经过最后一道工序分类筛选、集中存储。有一天摩根逮捕了一名高级警卫以及一名在油选台前作业的小伙子,在他俩的衣兜里发现了24克拉的钻石。两个人都很爽快地认罪服法,并支付了300英镑的罚款,面不改色。

"但这种小偷小摸的损失与对矿区外钻石土壤的大规模掠夺相比就不值得一提了。最后精品托拉斯决定启动一个本地收购的经营项目。他们派一名高级勘探员莱尔,在一个拥有300名非法矿工的非法矿点附近扎下营,根据勘探情况,他给这些矿工一天5先令请他们为他挖矿。他们很高兴每天能挣五先令,胜过其他地方光干活不拿钱,当他们发现莱尔给的工钱比从曼丁果商人那儿拿的工钱高得多时,都感到欣喜,卖力地挖掘不止。只有附近村庄里的曼丁果人和黎巴嫩买家气得要命。一时间各方交上来的宝石成堆,简直要把莱尔淹没了。其中有来自他勘察的矿床所挖出来的宝石,也有周边村民送过来的,实验到最后,证明这种模式的确是整个问题的解决办法——钻石公司设置的采购岗位遍及了塞拉利昂全国。

"但同时,有关部门在向塞拉利昂精品托拉斯施加压力,说服他们交出垄断采矿权。伦敦方面持续开会,结果是9月份精品托拉斯接受7万英镑的认股权,租赁土地面积限制在450平方英里内且最长租期不得超过30年。在政府那一边,他们打算将非法矿工合法化,分给他们矿区和探矿执照,而钻石公司设立机构合法购买之前的非法钻石。

"总的来说,虽然这对精品托拉斯及统一非洲精品托拉斯(后者是前者的母公司)的股东们来说当然是不公平的,但从IDSO的角度来看,此举仍不失为一个好方案。这样一来,如果塞拉利昂本地的挖掘工能合法获得世界水平的价格,走私钻石到利比里亚来就没有意义了。无法根除非法矿工,唯一的解决办法就是使之合法化。这项工作如期推进,去年年初,确切时间是2月6日——所有不按规定经营的矿工和商家都被强制停工,获得批准的可以开始挖掘和交易。到3月底,一共发出1500家采矿许可证,到后来这个数字增加到5000家左右,发给商家的执照中,其中一家我很感兴趣地注意了一下,是我的老朋友芬克尔,他不失时机地从贝鲁特返回弗里敦,开了一家店铺。

"出口许可证仅颁发了一家,发给了钻石公司,我很惊讶他们处理问题的方式,居然是吞并这股巨大的新钻石洪流。他们在弗里敦以及内陆的波城和凯内马两地开放交易岗位,为员工建宿舍,解决无线电通信,为这些岗位配备初级评估师——都是些年轻的英国大学毕业生,在经验丰富的珠宝行家统一指导下工作,指导他们带着成千上万英镑的钞票出入于丛林中,责任和风险是相当大的。当地矿工和商人坚决要求现金支付,在价格方面倒是没有异议。有个年轻人,刚从英国到这儿来,有一天夜里被一个黑人叫醒,他手里用一块脏手帕裹着一颗巨大的钻石,他毫不犹豫(但我猜一定是颤抖着)给对方支付了1万英镑,这个黑人当场点清后拿了钱就立即消失在夜幕中。那么大尺寸的宝石,万一看走眼,那可是犯下昂贵的错误,但我很高兴地说,这个小伙子判断得很准确,公司给予了他很高的评价。

"作为这次浪潮的一个例子,仅在波城一地,钻石公司头三个月收购的钻石价值就达到60万英镑,从此以后,这种在丛林里达成的交易量不断膨胀到上百万英镑。

"今天,尽管利比里亚还有非法钻石交易存在,但比起我们在那儿那些日子目睹之怪现状,情况没有那么坏。举例来说,1955年新政府上台前,从塞拉利昂出口的钻石总数达到140万英镑。去年这个数字达到约300万英镑,并且随着更多交易商铺开张以及偏远内陆也有了合法渠道,年度总数额很可能达到去年那个数字的两倍。精品托拉斯的股东对这个数字可能不太愉快,他们被迫出售手中二十七年的股权,仅价值150万,但至少在利比里亚、贝鲁特、安特卫普的买家完全没生意了,打击世界上最大走私交易的战争,总算走向了通往成功的道路。"

布莱兹冷笑道:"或者,不如说不那么成功。这里有一份剪报,官方发布的新闻,《西部非洲》1956年5月5日版:

> 有消息称,法属西非警察局在达喀尔从两名航空旅客随身携带物品中截获据报告价值75万英镑的钻石,这两名旅客分别是奥地利人和黎巴嫩人,从蒙罗维亚航线飞来。这一事件令人怀疑我们对钻石矿业和销售市场的新举措是否卓有成效,因为几乎可以肯定这些钻石来自塞拉利昂,即使很难证实……
>
> 自从钻石公司2月份开始收购钻石,谣传他们的进货量低于预期值。但真实情况是该公司购买的钻石,一方面从有执照开矿的塞拉利昂人手中拿到的货品占很高比例;另一方面,仍然存在大量非法采矿,因为给当地矿工下发许可证在全国生效

的新方案需要时间。长远来看，钻石公司必赢，因为他们是真的根据钻石的价值来定价并支付货款。

"你也看到了，仍然有一些比较大的非法开采点有待关闭。明天，我们收拾行李离开战场之前，我会告诉你 IDSO 发出的最后一击。"

第九章　钻石先生

这是我们此次相聚的最后一天，阳光明媚。我们决定租一辆车去大力神洞①赶赴一场午宴，就在斯帕特尔角以南，地中海的海水通过直布罗陀海峡向大西洋去的那个地方。

开车去的路上，我们绕了一个弯，特意从所谓的外交森林路过，那是一片大概十平方英里的桉树、栓皮树树林，随处可见含羞草开着毛茸茸的花球。汽车驶过田野，间或看见一个男人或女人孤独的身影，一路上难得遇见别的活物。偶尔遇见乌龟穿过马路，还看见一对鹳鸟在交配，汽车驶过的声音惊扰了小两口的欢愉，它们小跑几步优雅地展翅飞向空中。

---

①　大力神洞：在摩洛哥北部海港丹吉尔市不远处的大西洋海边，有一个奇怪的洞穴，当地人称之为"大力神洞"或"非洲洞"。洞不算大，令人称奇的是，这个洞穴的洞口酷似一幅非洲地图，是千百年来海浪冲击岩石自然形成的，成为丹吉尔的一大自然景观。

The diamond smugglers

世界广袤,这里只是一个令人好奇的角落。在罗马人和腓尼基人的遗迹之间,散落驻扎着摩尔人、柏柏尔人、里夫人①的营地,这里也是世界上无线电通信的一个大中心。美国无线电公司和麦凯公司的无线电设备遍布该地区,随处可见的拉线塔和天线杆,屡屡划破一望无际的天际线。《美国之音》的播音以此向欧洲广播,穿透铁幕。出于某种原因,这个位于非洲大陆最左侧、充满罗曼蒂克想象的角落,是个收发无线电波的理想处所,我们平静地坐在车里一路前行,都能够想象得出来头顶的空中洋溢着无线电波的耳语,感觉真是不可思议。

说起大力神洞以及附近重建的罗马村庄,司机向我们说明,大力神洞不仅仅是个旅游景点,大力神赫拉克利斯是真的曾经在这里居住过。我们把汽车打发走,花了一个上午在空无一物、无边无际的沙地上做了一次漫长的步行。南面 200 英里的地方是卡萨布兰卡,沙滩最终就消失于那个方向的热霾里。来自地中海的风将浅水区的僧帽水母②吹到海滩上,逗乐了布莱兹。我们一边往前走,他一边上前踩踏它们有毒的紫色囊体,发出的爆裂声,很像小口径左轮手枪射击的声响,时时打断他说的话。

---

① 摩尔人、柏柏尔人、里夫人:摩尔人 Moors,非洲西北部阿拉伯人与柏柏尔人的混血后代;柏柏尔人 Berbers,非洲北部的民族,属欧罗巴人种地中海类型;里夫人 Riffs,住在北非里夫山地区的柏柏尔族人。

② 僧帽水母:为暖水种的一种管水母,在水面上漂浮的淡蓝色透明囊状浮囊体,形状颇似出家修行僧侣的帽子,故名"僧帽水母"。因其囊状部分酷似16世纪的葡萄牙战舰,又被称"葡萄牙军舰水母"。

他的故事快要讲完了,我们一边走,他一边掏空他的口袋,里面都是过去常帮助他记忆的笔记和纸片,以及过去几天记录他故事的文件。他把这些纸张撕成碎片,偶尔停下来,把它们扔到海浪上,看着它们随波起伏。任何作家看到这一幕都会欣赏,多好的一个桥段啊——两个孤独的人大步流星地走在空旷干净的沙滩上,非洲大陆就在我们左手边;我们右手边,隔海相望的那一方,是美洲。这名特工就这样销毁了他的文字记录。

我们迎着太阳向南走,就像电影里梦境片段里的两个人。布莱兹兴奋地补充着他的故事:

"非洲大陆上演这一切的时候,在欧洲和中东的 IDSO 并没有闲着。我一直忙于生产末端——从源头上阻止走私及非法钻石交易。我想你应该也会觉得我们做得还算比较成功吧。我们逐渐搜集了大量情报文件,还做了一张 5000 多个人名的索引卡片,在这一过程中,IDSO 不断地与伦敦、巴黎、安特卫普联络,试图阻挡欧洲的收货端。

"当然对一包包合法出口的钻石,像从利比里亚涌入的货物,我们无能为力,但有一小部分货物流向北方,我经常提醒巴黎的 IDSO,希望他们能做点什么阻止钻石流向客户端。有时候巴黎和安特卫普会提前得到情报,知悉打包钻石会发向哪里,以及逆向的过程是怎样的。

"很快欧洲一个大运营商的轮廓开始显现了,特别是其中最大的一个人物,我们称之为'钻石先生'。当然这不是他的真实姓名,是我们给他安的名字,或者说赋予他的称谓。"

布莱兹停下脚步,他看看我揶揄地笑了:"你的书里描写了一些很传神的反派,实际上都是局外人。但这个钻石先生,没有一个反派能代表他,要我说他是欧洲最大的恶棍,是不是全世界最大的我不敢说——不仅是个大恶棍而且完全是个成功的恶棍。他现在还在继续他的事业,年龄一定超过60岁了,是一个银行账户有上千万英镑的冷酷无情的一个大块头男人。

"我们认为他原籍是德国,本人是欧洲最受尊重的市民——如果我把了解到的关于他的全部信息都告诉你,你公开出版以后,若他得知你碰巧出现在他的邻近社区,他会干掉你。"

我说:"我不信。"

布莱兹耸耸肩,说:"那好,我不打算冒险,所以不告诉你他的真实姓名和住址,这样你就不会向你四周打探。对此人我一点儿不带夸张的,你就简单地把他当作书上写的人物好了,我们现在开始讲这个故事。"

布莱兹继续顺着沙滩走:"钻石先生的最大特点是他完全是个备受尊重的人物,在很多社团包括在钻石界他的名字都有巨大影响力。战争刚刚结束时,他的钻石生意就开始重新开张,对他来说让机器重新开动起来很重要。他经常飞往伦敦,突然出现在酒店花园的最好位置。那时候想在伦敦住得很舒服并非易事,所以钻石先生常常自带生肉、黄油、冰淇淋等吃的,让酒店厨师给他做。晚上,他家经常开门迎客,招待他的好友,香槟酒、鱼子酱,应有尽有。还有中间人特意为他物色的半打姑娘,年轻是必须的,每人每晚50英镑,我不知道这些姑娘是否觉得这很值得。钻石先生对女孩有特别的办法——他本人实在不是一个很有魅力的男人。

"只是顺便插一句,这样你可以对这家伙有个大致印象。但问题在于大量非法钻石的流向最后都指向他,他是最大的接盘手,这种情况持续二十年了,最先是德国人知道他,现在苏联人、中国人都知道了,直接跟他交易。

"他把安特卫普作为他的一个总部,他有三条自由的线路从那儿开始穿透铁幕,他有一个专门的快递队伍为他送货,他给这些人丰厚薪水,也给他们及其家人买保险,以防他们被判刑坐牢以后失去收入。若他们的护照被没收,他会给他们办理新护照,通常还很照顾他们的福利。

"他的线路是,第一条从安特卫普港送上俄罗斯和波兰的船舶;第二条涵盖瑞士的多个地址;第三条到西柏林再通往东方。

"当然,他不是唯一一个做这门生意的,但他是迄今为止做得最大的、也是组织得最严密的一个,是我们在欧洲的主要目标。"

我说:"穿过铁幕的交易量有多大?总之,为什么会存在这种交易?就在几天前,苏联人关闭了他们新发现的巨大钻石矿区,地点在北极圈以内,维柳伊河支流上。"

"没有人目睹过他跟此事相关的任何事情,无论如何钻石公司认为其中不会有什么新事。如果能得到现成供货,谁不愿支付高价给利比里亚和比利时?众所周知苏联人就是这么干的。碰巧我们有一个联系人就在柏林的苏联人区,在贸易部那块儿,几天前他报告说今年2月份两周时间内有价值近50万英镑的非法钻石从西柏林、哈瑙①、布鲁肯、伊达尔-奥伯施泰因②等地走私过来,这些城市都是德国钻石加工业发达的地区。

"大多数钻石来自非洲,其余来自巴西,而且大部分是工业用钻石,这些钻石被走私、销售到世界各地。收购者通常源于安特卫普,有些来自荷兰和美国甚至英国,另外还有极少部分源自以色列和意大利。

"我们在东柏林的人说,钻石总量的四分之一流向的终点是苏联。另外四分之一去往了中国,剩余部分分别流向其他共产主义国家,可能全都用于各种军工行业。

"那是相当大数量的钻石,且能在十四天内调集过来,如果这是标准销量,算下来一年合计价值1200万英镑。这不是个不可能的数字,这说明苏联人对这项交易是有相当需求的。

"无论如何,我们在欧洲的主要目标是尽我们所能颠覆钻石先生的供货源,也包括通向欧洲其他地区的渗漏,在非洲我们的大部分工作在于向伦敦、安特卫普、巴黎提供内部消息,一旦我们听到风声,大包钻石将离开非洲发往钻石先生及其同伙处,就赶紧通风报信。就个人而言我们无法做任何事去阻止他,这就是我说他是欧洲最大的恶棍的意思。在其三十年左右的经商生涯中,他从未失过手、留下定罪依据。在欧洲警察总部,你查他的文件,唯一能找到的

---

① 哈瑙:德国中西部城市,宝石琢磨加工是其主要工业之一。

② 伊达尔-奥伯施泰因:德国西南部城市,号称世界宝石中心,宝石加工业繁荣。

内容是他对警察福利基金和体育俱乐部的大笔捐款,这是各种情报机关关于他所了解的唯一的事情。他对此一点儿也不担心,他完全凌驾于法律之上,真是一个强大又精明的生意人。"

"注意,"布莱兹说,他瞬间变得像个谨慎、公正的律师,说着法律术语,"我们试图堵住非洲的漏洞的时候,偶尔会怀疑上某个完全无辜的商人,这在所难免,实际上那些道德败坏的违法者做出的违反海关条例的行为,并不总是那么容易分辨。一旦证实他们违反了海关条例,对犯罪分子绝不姑息。但简单来说,大多数国家的法律,特别是海关法,非常复杂,有时候在国际贸易中合法性的判断上或其他行为的定性上,不是马上就能决断的。其他罪行有时候也会有这种情况。所以,参与法律程序的人或者调查案件的人没有想到,有时候只有经过大量辩论之后,某个被怀疑犯了罪的不走运的商人,才被证实他无罪。

"有一个案子就是这种情况,当事人叫菲利普·施赖伯。后来结果证明施赖伯完全合法地拥有那些钻石。到目前为止,无论如何,IDSO 已能牢牢摸准世界钻石交易的脉搏,不仅紧跟而且能预测出无论是非法还是合法钻石的动向。因此 IDSO 的日常工作就是能够告诉达喀尔-约夫机场的海关人员即将到达的乘客中有个叫 P. 施赖伯的人,携带有 18000 克拉钻石。正如 1956 年 4 月初预告的那样,抵达达喀尔机场的施赖伯携带有钻石。由此引发了一场关于他们的责任与职责的争论,结果施赖伯在达喀尔机场被羁押六个星期,然后以法国人所谓'临时解放'的名义被释放,这是一种无须交钱的保释形式——换句话说,在案件审理期间他是自由的。与此同时，案件当中的钻石，经专家们评估，最终预测价值12万英镑，尽管他们最初的估计数是90万英镑。

"这个案子刚立案的时候，起先对施赖伯是不利的，但他上诉了。一年后，上诉法院发现那批钻石是在运输途中，仅仅因为飞机在达喀尔延误，他们未能继续转运出去。（注意，5月15日这天，施赖伯被无罪释放，只能如此，法庭下令那些钻石原物返还，于是物归原主，施赖伯走出那个机场，个人履历上没有留下任何污点。）

"1956年还有另外三起案件立案，三个案子中涉案商人都需证明自己无罪。1955年9月6日这天，IDSO伦敦办事处工作人员说：'情报收到。'他们立即致电给IDSO巴黎办事处，说有两个人分别叫阿姆斯谢尔·贝尼·恩格尔、索罗门·柯克罗维茨的，很快将离开蒙罗维亚前往巴黎，会随身携带大量钻石，他们计划乘坐法国航空公司的飞机从达喀尔到奥利机场，到达日期是9月17日。

"按照常规，我们把这个情报发送给该航空公司警察局的官员M.拉雷特。柯克罗维茨和恩格尔带着钻石按时到达，随同他俩一起的还有第三名乘客名叫戴维·高兰斯基，他声称携带的包裹里有原坯钻石。该包裹附带着利比里亚政府的证明。我们的人随同法国钻石专家M.马里奥·平次赶到奥利，检查了柯克罗维茨和恩格尔的钻石，断定这些钻石是塞拉利昂出产的，数量达265克拉，价值在9500英镑。我们的人在警察支持下，作为IDSO的官员以及精品托拉斯的代表，做出正式声明，基于钻石的所有权属采购公司，故这批钻石必属偷窃而来的赃物。

"高兰斯基的小包没有打开，但长话短说吧，精品托拉斯随后对柯克罗维茨和恩格尔、高兰斯基提出盗窃和窝藏赃物罪名的指控。

"柯克罗维茨、恩格尔、高兰斯基在9月16日先与地方预审法官见了面。后1956年6月12日因理由不充分该指控被驳回,1956年10月19日,尚布雷·戴米兹证实了此结果——这一过程大致等同于法国的大陪审团。换句话说,此案被撤诉,钻石返还其主。柯克罗维茨、恩格尔、高兰斯基三个人全部属合法拥有,他们的诚信度得以保全。"

"然后,"布莱兹脱下他的假发和礼服,连我都觉着大松了一口气,他继续说道,"1956年在西部非洲的不同地点,成功破获了几起钻石走私,IDSO在每起案件中都不同程度发挥了作用,功不可没。

"第一个案子,扳倒了一家大快递公司。这是一个由匈牙利提供资金的印度人公司。他很偶然地拥有了一本在蒙罗维亚颁发的英国护照,同时还拥有两本分别在开罗和大马士革颁发的印度护照。他经常在利比里亚和贝鲁特之间往返旅行,我们一直在关注他。这一次他在蒙罗维亚待了几个月,以远高于市场价的价格连续购买了一批工业钻石。现在他要离开了,他要取远道至法属西非的科纳克里机场,转运巴黎和布达佩斯。

"科纳克里的海关署长已收到消息,安排人员对他进行查询,这个印度人高高兴兴地交出他的钻石小包,扬扬得意地指出他的钻石是加盖了蒙罗维亚矿务局公章的,而且有矿务局局长的签字。当海关人员问包里装的是什么时,他愚蠢地说里面装的是800颗钻石,事实上,钻石的数量很庞大,共有119000颗,后来估价为35000英镑。

"这名运货员没有任何犯罪记录,但他的钻石被查封;他被遣返回蒙罗维亚。其后不久,他的资金支持者,为匈牙利工作的交易商,飞来看他,可以想象那种场面对他来说必定极不愉快。

"压力仍在持续,接下来的一个月同样是多事之秋,另一个家伙落马了。这一次涉案人叫哈吉·穆斯塔法·易卜拉欣,持有3本英国护照,分别发自拉各斯(尼日利亚首都)、阿克拉(加纳首都)、达喀尔(塞内加尔首都),以及由拉各斯、弗里敦签发的签证。那些天,我们在弗里敦的老朋友芬克尔被禁止入境,该涉案人担当了他在贝鲁特的导游,我们早就想逮捕他了。现在,4月24日,他从弗里敦到达阿克拉机场,一名警察时刻盯着他。在机场,穆斯塔法雇了一名叫阿利奥·吉瓦的出租车司机,要他开车送他穿越过国界到法属西非。接着黄金海岸的警察局出动,在他们著名的行政长官迈克·科林斯的指导下,对他紧追不舍,在快要到国境线的阿夫劳村拦住了这辆出租车,找到了捆扎在汽车转向柱上的一包钻石,重达712克拉。穆斯塔法被提审,钻石没收。

"他被判入狱8个月,罪名是他有一本护照是通过诈骗得来,这一判决结果使他的许多朋友在法庭上流下了眼泪。

"所以,对蒙罗维亚的某些人以及钻石先生在欧洲的朋友们来说,在一阵短暂的荣光后面,带来的是太多的眼泪和恨意。IDSO快马加鞭地展开行动,同时准备解散事宜。

"一旦钻石公司在塞拉利昂建立起自己的队伍,直接通过商业手段驱逐非法钻石交易,我们就没什么可做的了,基本上矿业自己的安保人员和非洲当地警方就可以搞定。接下来几个月我们都在整理零碎资料,跟戴比尔斯讨论如何保留组织框架,继续对整个行业保持密切关注。经过了在 IDSO 头两年的兴奋和紧张,这个结局实在令人失落,我们的人渐渐离去寻找别的工作。有些人干回老本行情报和安全工作,其他人与戴比尔斯及英裔美国人的公司签了约。"

"就我而言,"布莱兹耸耸肩道,"我实在厌倦了跟那些人渣打交道,厌倦了没完没了地监视那些流氓。我所想做的就是找一份安静美好的工作,比如乡村律师、大学行政人员或其他能让我把脑子里的这些垃圾全部清除干净的工作。"

他笑一笑:"就像你的一本书里最后有句话:'那种生活当故事读读就好,过那种日子就不必了。'"

后　记

第二天一大早我去机场为布莱兹送行。阴沉的天空中飘着毛毛细雨,一路上的摩洛哥风景了无生气,没有平时那么整洁。白水泥大楼里面,有机场清晨惯常的廉价味道,混合着咖啡香、汽油味、汗酸气以及古老的烟草味。边防警察和海关官员看起来犹如衣服都没脱凑合睡了一觉似的,没有精气神,眼神冷酷而多疑,眼角仿佛都没洗干净。

布莱兹准备飞往尼斯,再坐火车到蒙特卡罗。到了那儿,拿一本轮盘赌博的书再加上 100 英镑,他打算享受 48 小时的老式里维

The diamond smugglers

埃拉①高雅生活,把这三年及非洲大陆的记忆从他的记忆系统中清除出去。然后乘火车去伦敦,打上一个月高尔夫,完成这次愈疗,再决定下一步怎么做。

他要走了,我内心难舍。从一开始我就喜欢他这个人,听他讲了一周他经历的故事,我已对他肃然起敬。我一向钦佩专业人才,布莱兹就是个举重若轻的专业人才。最重要的是,他拥有很多人们愿意从自己同胞身上看到的品质——勇气、幽默、想象力、博学、温暖。在一个特工身上看到这些品质其实挺难得的。

我们相互说再见,约定以后再聚。布莱兹穿着典型英式风格的衣服,外面罩了一件麦金托什雨衣,没戴帽子,我看着他汇入稀疏的旅客中——复活节到了,在这天出差的人毕竟不多。又看着他走到法航空姐身边递交检查清单。

我听见他报自己名字,转身,给我一个告别微笑,然后走出门,没入雨里。

我走向敞开的大门,看着星座飞机②四个引擎推出,依次打火。雨还没把沙子带到跑道上,庞大的飞机离开跑道腾空而起,螺旋桨卷起一股狂风扑面吹过来。我闪身躲到玻璃后面,拿出手帕擦脸,听见飞机起飞的轰鸣声时,我还在擦我眼睛里的沙子。

---

① 里维埃拉:指南欧地中海沿岸地区,背山面海,阳光充足,四季花开,是度假胜地。

② 星座飞机:是美国洛克希德公司生产的螺旋桨驱动、四引擎飞机,可作为军民两用运输机。

我微笑着走出机场,走向一辆出租车。经历了这非同寻常的一周,现在的一切看来真像是一幕经典桥段,剧终之时,秘密特工消失在舞台之下的滚滚红尘里。

6月快过完的时候,我收到布莱兹的一封信。信封打开里面什么也没写,只有从《每日电讯报》6月19日那一期上剪下的一块剪报:

海关查获价值39000英镑的走私钻石

哈顿花园员工被捕入狱并课以5000英镑罚款

本报特派通讯员报道

贝尔法斯特,星期二

今日贝尔法斯特羁押庭开庭审理钻石走私案,价值39784英镑的钻石被呈堂。被告南森·阿舍尔·格拉特(36岁,前荷兰犹太难民,在英国得到庇护)在芬奇利①克莱蒙特公园被捕,被告认罪,承认试图向爱尔兰共和国非法外销该批钻石。

他被判入狱服刑9个月并课以5000英镑罚款,因无钱支付罚款,另外多加3个月刑期,钻石没收。

皇家检察署检察长R. F.谢尔顿在法庭上陈述,钻石是在格拉特身上找到的,对他的审讯持续了十四个小时。

全部716枚钻石被隐秘地装在两个橡皮覆盖的包裹里。交给地方法官的照片显示,两个小包有2英寸长,1.25英寸宽。

---

① 芬奇利:英国英格兰东南部城市。

谢尔顿说格拉特在工作人员出示地方法官批准的搜查证之后,才交出钻石。检查是在城市验尸官 H. P. 洛博士、贝尔法斯特女王大学的外科学教授 H. 罗杰斯先生两位指导下进行的。

公诉人谢尔顿先生解释说,爱尔兰共和国是英国禁止向其钻石出口的国家之一。上周一他说,伦敦海关调查科副科长 H. J. 勃朗宁先生看见格拉特一大早在伦敦机场现身。

他以哈利斯的名字订了一张去贝尔法斯特的单程票,上了飞机。在贝尔法斯特机场有人看到他去卫生间。

然后他到火车站订了一张去都柏林的一等票,在那儿他被海关人员带走,他矢口否认自己藏有钻石。

他拒绝让医生检查他,他说:"我的身体不容侵犯!"在得到地方法官授权后,格拉特被带入一间看护室,他再次表示抗拒,工作人员将他控制住给他做了身体检查,然后他才交出了钻石。

他携带的钻石可以追根溯源从原产地南非一直到格拉特手中。海关调查员早已盯上送货人,这个送货人在都柏林酒店从格拉特手中接到货,穿过伦敦机场,赶往指定地点。从那时起,格拉特的一举一动都被录下了。

剪报最上面空白处布莱兹用铅笔写着:

难道有人不爱打高尔夫?

生死时刻

八爪鱼

"你明白吗?"德克斯特·史密斯少校对八爪鱼说,"如果我能解决掉这个麻烦,你今天得请我吃顿好的。"

他说得很大声,呼出的气体使他的倍耐力潜水面罩眼镜都蒙上了一层雾气。他挨着海底沙地的海草站了起来,水刚好没过他的腋窝。少校取下面罩,往上面吐了口唾沫,用海水把眼镜来来回回地擦了个干净,又拉开橡胶带重新戴回头上。跟着,他一个弯腰,再次潜入海中。此刻,珊瑚洞里一对褐色斑纹的眼睛伸了出来,正一眨不眨地盯着他。在阴影的掩饰下,小小的触手也一寸一寸地露了出来,不停地伸伸缩缩,正在用最顶端的粉色吸盘小心翼翼地探索。见到这一幕,史密斯脸上挂上了满足的笑容。算算时间,他与八爪鱼打交道大概两个多月了,要是再来一个月,他一定可以驯服这个让人喜爱的家伙,可是,他没有那么多的时间了。本来,他往水下潜想去向八爪鱼伸出手,跟它握一握,但是还得用鱼叉叉着一块肉给它送到嘴边。他心想,我可还没完全信任你,要是我向你示好,说不定你所有的触手会急速出洞,缠住我的胳膊,把我拖到水里去。然后,面罩上的出气阀就会自动关闭,我只有窒息而亡;要是扯掉阀门,水同样会立刻进入面罩,也会把我淹死;或者可以举起鱼叉刺过去,可现在还不是杀死这个小东西的时候。不,或许今天晚一点可以干掉它。就像在玩俄罗斯转盘,赌的是五比一。虽然是个异想天开的结局,但不失为最可能摆脱目前困境的方法。不过,不是现在,他毕竟答应过贡格丽教授,要解决那个有趣的问题,否则就得不到答案了。想到这里,史密斯悠闲地朝暗礁游去,眼睛却敏锐地观察着,看能不能按照贡格丽的方法,先捕获一条锯鲉。

德克斯特·史密斯少校,英国皇家海军的退役军官。他俊俏、勇敢、鬼点子非常多。在退役前,他任职于特工部队,跟负责通讯和机要的姑娘们眉来眼去,流传了不少风流韵事。现在,他已经五十四岁了,有点轻微的秃头,肚子开始下垂,而且发作过两次冠心病。一个月前,他的医生吉米·格利福斯又严肃地提醒了他一次,以防病情再次发作。不过,他非常在意自己的穿着,总是用一根皮带把肚子托起来,外面再用一条腰带完美地掩饰。因此,在北岸地区的鸡尾酒会或晚宴上,他看起来都是一个英俊倜傥的男人。他的朋友和邻居对此非常惊讶,当然,这是一个秘密。他的医生告诫他,每天最多只能喝两盎司威士忌,抽十支雪茄,可他对此置之不理,他抽烟抽得像根烟囱,而且经常喝酒喝到烂醉如泥。

事实上,史密斯已经濒临死亡,他的内心一直很焦虑。毕竟他有不可饶恕的错误,所有的人生热情从那里开始慢慢消减。他变得消极,自我放纵,带着满心的负罪感和厌恶感。虽然表面上看来像棵硬朗的大树,但是这些坏情绪就像无数白蚁,慢慢地把厚实的躯干啃噬成了一根朽木。而且,自从玛丽在两年前去世后,他再没爱过别人。其实,他甚至难以确定自己是不是真正爱过玛丽,但是他知道,每一天,每一刻,他都在思念她的爱,包括她的欢乐、谩骂和永无止境的愤怒。在北海边,他也与人结交,吃他们的夹鱼子烤面包,喝他们的马丁尼,但是,他内心里却瞧不起这些人,认为他们是贱民。实际上,他可以和国内的乡绅、海滨种植园主、专业技工、政治家等等交朋友,这样他就可以摆脱生命中罪恶的一面,可是长期以来过的懒惰、酗酒的生活已经使他与其不相适宜,所以他并不愿意如此。史密斯觉得很烦躁,他对生活充满了厌倦,很想弄一瓶在当地医院随意能开到的巴比妥酸盐,只要吃下去,一切就结束了。可他并没有这样做。对于老酒鬼来说,一般有四种性情:欢愉性、冷漠性、暴躁性、忧郁性。欢愉的酒鬼会在自得其乐中歇斯底里;冷漠性表现为悲观绝望;暴躁性就像漫画家笔下的人物,总是借酒行凶,所以是监狱的常客;而忧郁性则是常常陷入自怨自怜、多愁善感、泣不成声的情绪之中。

史密斯少校是一位忧郁症性情者,常常陷入自己编织的梦境之中。他给自己的别墅取名"微浪",五英亩以内栖息的飞鸟、昆虫、小鱼,还有沙滩以及附近的珊瑚礁都是梦境之中的角色。它们时而在活动领域里靠近他,他便一一认识了它们,并对此沉溺不已。他最爱的动物是鱼。他把它们视为如人类一样的自己的孩子,无微不至地照顾。两年来,他和它们之间已经形成了深厚的感情,他"爱"上了它们,也相信它们会对这份爱给予回报。

事实上,它们确实也认得他。就像动物园的动物都认得饲养员一样,他每天定时来投食,还不时为它们扯掉挡道的海藻,搅动沙石,为小点儿的动物弄破海蛋和海胆,为大点儿的动物提供可以食用的腐质物。此刻,他在暗礁间慢慢地游来游去,他的"朋友"围绕在他周围,一点都不害怕,它们充满期望,扑向他手中的鱼叉。他的鱼叉是三叉戟,不停地随流舞动,它们知道这就是一个装满食物的大勺子,便在倍耐力橡胶眼镜前奋力地摆动鱼尾,向他问好。甚至连凶狠的水蚤也在他腿脚之间轻轻啃咬,以吸引注意。

平日里,史密斯上校总是会好好地款待这些色彩艳丽的"小家伙儿",可今天却没有这样的心思,只是简单地朝它们点点头,就算是打过了招呼。一只水蚤,全身带着艳丽的蓝色斑点,如同夜空中闪烁的星光,从他旁边一闪一闪地游走了。尾巴上长着一对黑色假眼睛的蝴蝶鱼也跟着游了过去,他叹口气:"抱歉,今天可不是玩耍的时光,小甜心。"又有一只足足十磅重的靛蓝色鹦鹉嘴鱼游来,他说了句:"你太胖了,蓝小子。"虽然嘴里碎碎念,可是他知道,今天要完成一件大事!因此,他的眼睛正在积极寻找藏在暗礁中的鱼类——锯鲉,他要找出它,并且杀死它。

世界上绝大多数的锯鲉都生活在南半球的水域里,对于任何一个家庭来说,这都是烹制浓味鱼汤的好材料。在西印度洋,它们甚至会长到十二英寸,差不多一磅重。到目前为止,鲉是海里最丑的鱼。它长着灰褐色的斑驳花纹,毛茸茸的楔形头,上面长满了混杂的粗毛,下面藏着一双愤怒的红眼睛。它奇特的外形和天然的保护色,让自己完美地隐藏在了暗礁中。而且这种鱼,最厉害的武器藏在背部勃起的鱼鳍中,鱼鳍与毒腺相连,在不经意的接触下,它出其不意地一刺,高浓度的内毒素会立刻注入攻击者的体内。如果刺中的地方是人体的虚弱点,比如动脉、心脏或腹股沟等,是可以轻易使一个成年人死亡的。对暗礁附近游来游去的潜水员而言,这才是真正的危险,远比梭鱼或鲨鱼致命。因为,它凭着完美的伪装和致命的武器非常大胆,只有在人类接近它还不到一英尺或它真正攻击了人类之后,它才会转身逃跑。而且,它最多游开几码而已,然后卸下宽大而布满条纹的古怪胸鳍,像杂草丛生的畸形珊瑚团,钻进礁石旁的海藻中,重新静止下来静静地观察,让你无法发现。今天,史密斯少校决定找到并杀死一只锯鲉,将它献给心爱的八爪鱼。他想试一试,看看八爪鱼对这种食物,到底是不屑一顾,还是一口吞了这家伙。八爪鱼这种海洋里的巨型食肉动物能辨识出致命毒物吗?到时候,八爪鱼是吃掉腹部丢掉鱼鳍,还是整个儿囫囵吞下去呢?如果这样,八爪鱼会受到毒性的影响吗?大学里的贡格丽对这些答案通通感兴趣。那么现在,在"微浪",史密斯少校就要来亲手完成这个实验,就算它会要了心爱的八爪鱼的命也在所不惜!如此一来,这腐朽的生命总能留下一点小小的印记,被束在大学里堆满灰尘的海洋生物资料中。

就在几个小时前,德克斯特·史密斯少校糟糕透顶的生活又被加上了一层枷锁。电报不停地从政府大楼和殖民部联合发给情报局,再转到伦敦警察厅和检察官手里,要求警察立刻押解史密斯去

The diamond smugglers

伦敦。如果公文周转几个星期,或许他还能侥幸不被判处终身监禁。

所有的这一切都因为一个叫邦德的男人,海军中校詹姆斯·邦德,那天上午十点三十分,他在金斯敦搭乘了一辆出租车,来到了这里。

稀松平常的一天。史密斯少校从他那吃了西可巴比妥药物才得到的睡眠中醒来,即便他的心脏不适合吃阿司匹林,照样吞下两三颗必理痛药片。然后,洗了个澡,来到海边的遮阳伞下吃早餐。他只吃了一点儿,反而花了一个小时把剩下的全部喂了鸟儿。跟着,他按照处方上的剂量吃了抗凝血剂和血压药,拿着《搜集日报》消磨上午茶的时光。好几个月以来他都一直这样,直到接近十点三十分。此时,他刚为自己倒上一杯烈性的白兰地和姜汁混合酒(这简直就是大醉鬼的喝法),就听到一辆汽车驶来的声音。

打扮得花枝招展的管家卢娜走进花园,喊着:"格姆恩先生来拜访您了,少校。"

"叫什么?"

"他说自己叫格姆恩,少校,来自政府大楼。"

史密斯上身光着,下面穿了卡其色的短裤和凉鞋,说道:"好吧,卢娜。把他带到客厅,说我立刻就来。"接着,他回到卧室,换了一套简洁的白色衬衫和裤子,再把胡子刮了刮。政府大楼!现在会出什么狗屁事?

他很快来到客厅,看见一个身材高大的男人,穿着一套深蓝色的西装,站在窗前眺望大海,史密斯少校有丝不祥的预感。听到他的脚步声,男人慢慢地转过头,带着探究的眼光,灰蓝色的眼睛颇显凝重。史密斯知道来者不善,但他仍友好地笑着,对方没有回应。史密斯觉得大难临头,忍不住打了个寒战,意识到自己多年来努力保护的秘密可能要被挖开了。他们看了一眼对方,知道彼此都发现了端倪,却心照不宣。

"你好,我是史密斯。知道你来自政府大楼,肯尼思长官还好吗?"

不管怎么样,来者还是和他握了握手。男人说:"我还没见到他。我几天前刚到,大部分时间只是围着小岛转转,我叫邦德,詹姆斯·邦德,从国防部来。"

史密斯少校想起国防部实际上是联邦情报局使用的委婉叫法,便故作愉快地招呼道:"哦,原来是老相识啊。"

没想到对方根本不屑一顾:"这儿有地方能谈谈吗?"

"当然,只要你喜欢,随便哪儿都行。这儿吗?还是花园?来杯酒怎么样?"史密斯举起手,往玻璃杯里加了些冰块,碰撞得叮叮当当,"朗姆酒是本地产的劣质酒,我更喜欢地道的姜汁酒。"伴着酒精,谎话竟自然而然地流露了出来。

"不,谢谢。这儿就不错。"男人斜倚在桃花心木的窗台边。

史密斯少校坐下来,悠闲地跷起一条腿,舒服地放到木椅扶手上,这把椅子是请当地的家具木匠按照传统的样式复制的。他故作镇静,端起酒杯喝了一大口,又满满地倒上。"好吧,"他愉快地说,眼睛直愣愣地盯着面前的人,"我能帮你做什么呢?有人在北岸进行肮脏的交易,要我成为你的帮手吗?很高兴又要被政府机关套牢了!虽然已经过去很长一段时间,但是我仍记得政府里的那些老规矩。"

"你介意我抽烟吗?"邦德掏出了香烟盒,这是一个平整的青铜盒,能装二十五支左右。不管怎么样,他们之间这个共同的爱好让史密斯多少感到点儿安慰。

"当然,亲爱的伙计。"他起身点燃了打火机。

"不用,谢谢。"邦德已经点着了香烟,"不,并不是当地有什么事。我想……我来这儿是帮你回忆回忆战争结束时,你在情报局的工作。"邦德停下,审视地看着史密斯,"尤其是你在综合事务局工作的情况。"

史密斯少校突然大笑起来,他虽然早已明白,但还是非常不想听到这个消息。从邦德的嘴里说出来的时候,他忍不住哈哈大笑,笑声非常锐耳,如同伤痛一般:"噢,上帝,旧日的综合事务局,真是不错,那简直就是个笑话啊。"他又放声笑起来,心内绞痛,他知道即将到来的是什么,所以倍感压力,整个胸膛仿佛要爆炸一般。他连忙把手摸进裤子口袋,拿出一个小药瓶,倒出一颗白色的药片塞在舌头底下。他很高兴地看到对方的脸上有丝紧张情绪,眼睛正一眨不眨地观察自己。"一切尚好,我亲爱的伙计,这又不是毒药!"他说,"你酒精中过毒吗?没有吧?我昨晚在牙买加小酒馆喝得太多,差点儿死掉。我确实不应该总认为自己还是25岁。不管怎么样,我们回到综合事务局的话题上来吧。我估计,当年的战友可没多少人剩下了。"他仍能感到胸口疼痛,便退回去坐了下来,"难道是关于我参加编写的《行政史》的?"

邦德看着他的烟头:"不全是。"

"我希望你知道我曾经写过其中的《战争卷》,里面大部分的章节都是关于武力描述的。已经过去十五年了,我估计现在可以再添些内容进去。"

"谈谈在蒂罗尔州发生的事情吧,有个叫奥波罗拉奇的地方,位于基茨比厄尔西边一英里处。"

这是史密斯少校埋藏了十五年的地名,他的脸上不由得又浮现笑容。"在那儿过得很开心啊!你肯定未见过那般血腥的场景,所有国家的秘密警察都有自己的情妇,他们没完没了地酗酒,将所有的文件都保存得很好,并规规矩矩地上交。我认为他们都希望能争得宽大处理。我们把他们送去了慕尼黑大本营,来了个彻查。最近,我听到一些最新消息,他们绝大部分人都因为战争罪被吊死了。我们向萨尔茨堡的总部递交了公文,然后就去米特西尔峡谷追逐另一帮浑蛋了。"史密斯少校往杯子里又倒了满满一杯,还点燃了一支香烟,"是个很漫长的过程,不过差不多就是这样。"

"我认为你在这期间扮演的是二号人物,指挥官是个美国人,来自巴顿部队的金恩中尉。"

"是的,非常聪明的家伙。他留着小胡子,这可不太像美国人的作风,成天只知道喝葡萄酒,性格倒是很开朗。"

"关于那次的行动报告,他写道,他指挥你对所有的文件进行初审,因为你是整个小分队的德国人专家。然后你向他提供了关于这些文件的意见,"邦德停下来,"每一份文件都这样吗?"

史密斯少校不想那么明确地回答他:"是的,那些文件绝大部分都是列名字的清单,以及反情报政府部门的内幕消息。萨尔茨堡的中央情报局人员对这些东西非常感兴趣,说是给他们提供了大量的新线索,我认为原始文件在纽伦堡审讯中起了很大的作用。是的,嗯哼!"史密斯少校回忆着,带着亲切的神情,"那是我生命中最快乐的日子,为综合事务局四处奔波。还有葡萄酒和女人,真是棒极了!"

史密斯少校逐渐沉浸到回忆中,言语间也不自觉地放松了警惕。他曾经经历过一场凶险而残酷的战争,直到 1945 年才结束。突击队在 1941 年成立,他作为志愿军第二次从皇家海军调去蒙巴顿率领的联合作战指挥部。史密斯是一个优秀的德国人,母亲来自海德堡。在突击部横跨海峡作战过程中,他担任自己并不喜欢的工作——德语翻译,但这却使他成为资深的高级审讯人员。他很幸运,工作了整整两年,毫发无损。正是因为工作出色,在最后一次作战中得到了帝国勋章。后来,为了击溃德国,情报局和盟军司令部联合组成了综合事务局,史密斯少校被任命为临时的中尉,组建一个小分队,专门负责在德国溃败之时,清除秘密警察和反间谍机关藏匿处。当时,美国战略情报局听说这一消息,坚持要参加这场行动,并要求负责处理美军前线的战区情况。所以到了最后,一共有六支小分队在德国和奥地利行动,他们每个分队配备二十人、一辆带灯的装甲车、六辆吉普车、一辆带无线电的卡车和三辆货车,由盟国远征军最高统率部的英美指挥部联合统率,司令部向他们发送从侦察部队、科学情报调查处以及美国战略情报局得到的情报。史密斯少校成为 A 部队的二号领军人物,被派遣到蒂罗尔,这个地区由于满是秘密通往意大利及逃出欧洲的通道而闻名遐迩。史密斯告诉邦德,他们在那儿一切顺利,非常潇洒。要不是自己开了两枪,说不定一颗子弹都不费,就能全部活捉。

邦德漫不经心地说了句:"汉尼斯·奥伯豪尔这个人能让你回忆起点儿什么吗?"

史密斯少校皱起眉头,做出拼命回忆的样子:"有点记不清了。"室内温度大概有80华氏度,非常凉爽,但是他在轻轻颤抖。

"我来帮你回忆回忆。就在所有的文件都交由你来审阅的那一天,你住在部队给你安排的蒂芬布伦纳旅馆,要求旅馆给你介绍一个高山向导,并且要非常熟悉基茨比厄尔,旅馆就给你推荐了奥伯豪尔。第二天你向指挥官请了一天假,一早动身去了奥伯豪尔的木屋,把他绑了起来,关到了你的吉普车上。现在想起来了吗?"

听到那句"我来帮你回忆回忆",史密斯少校觉得很熟悉。当年在给德国间谍设置陷阱的时候,自己不也常常引用吗?现在他处在被动的位置,他告诉自己,要冷静,要沉住气。史密斯少校迟疑地摇摇头:"我有点记不清了。"

"奥伯豪尔是一个花白头发的男人,跛了条腿,会说点儿英语方言,战前是个滑雪教练。"

史密斯少校眨巴着蓝眼睛,一脸冷酷,看起来很坦率:"抱歉,帮不了你。"

邦德从他的衣服口袋里掏出一个小小的蓝色皮质笔记本,翻了翻,然后停下来看着史密斯:"那时你随身携带的武器,是韦伯利系列0.45左轮手枪,编号8-9-6-7-3-62。"

"确实是把韦伯利,很难操作。希望这些日子里,它要是能从鲁格尔手枪或贝雷塔手枪里吸取点优点就好了。不过我可能对编号的记忆不那么清楚了。"

"编号肯定是对的。"邦德继续,"我已经在总部核实过了,而且那天你带在了身上,领取单上有你的签字。"

史密斯少校耸耸肩:"好吧,看来这把枪确实是我的。但是……"他明显有些生气,音调都变了,"你来找我究竟是什么事情?如果我可以问问,你问这些又是什么意思?"

邦德严肃地看着他,开了口,可此刻的声音一点都不和善:"你明白我在说什么,史密斯。"他停下来,等待着对方的回应,"好了,我先去花园待十分钟,给你留点时间好好想想,到时直截了当地给我个答案。"他提高音调补充,"如果你愿意老老实实地把这个故事讲出来,一切就容易多了。"

邦德出了门,径直往花园走去,走到一半转过身:"我想弄清楚这个故事,不过只是时间问题。不妨告诉你,我昨天还和金斯敦姓胡的两兄弟聊了聊。"说完,他就往草坪去了。

史密斯少校稍微松了口气。目前的状况是在和一个聪明人打交道,那些胡编乱造的故事通通不起作用了。如果这个叫邦德的已经联系了胡氏兄弟,不管是他们当中的哪一个,肯定都如竹筒倒豆子一般,把秘密全都泄露了。胡氏兄弟最不愿和政府的人作对,而且,留在他们手里的金砖最多只有六英寸了。

史密斯少校站起身来走向餐柜,又拿出了白兰地和姜汁酒,混合倒了一杯。现在还有点儿时间,他不妨再过点儿快乐日子!以后永远不会有这样的好运眷顾自己了。他回到椅子上,抽起他今天的第二十支香烟。他看看时间,已经指向了十一点三十分,如果能在一小时内摆脱这个家伙,就还有许多日子可以陪伴他的"小不点儿"。他坐下来喝着酒,重新梳理思路。他可以重新编个故事,或长或短,把当时的天气、路边的野花,甚至高山上的松树味都加进去,不过可以稍微短一些,缩减缩减。

蒂芬布伦纳的大房间有两张床,其中一张备用,散落着灰灰黄黄的文件,这些都由史密斯少校负责。他从这些文件中拿出了一些特别的文件,上面标注着"司令部"或"绝密"。这样的文件不多,绝大部分是关于窃听德国高级官员的秘密报告以及盟军密码。它们自然是A部队的任务,包括食物、炸药、枪支、间谍记录、秘密警察个人资料等等,而史密斯少校在浏览它们时,总能感觉到特别激动的心情。

那天,他在翻材料时,突然发现在文件堆的最下面有一个单独的信封,上面盖着红色的蜡印,注明"非到危急时刻不得拆封"等字样。他顺手拆开了信封,里面装着一张纸,没有签名,只用红色墨水写了几个字。抬头是"经费",下面写道:"恺撒山的弗朗奇斯卡娜哨所,往东一百米地下藏有装着两块金砖的弹药箱。"下面附了一张测量金砖的表格。

史密斯少校看看表格,算算金砖差不多同普通砖块一般大小,他有些傻眼。一个仅仅18克拉的英国金币,价值差不多是两到三镑!这样的金砖可真是充满了血腥味儿的一大笔横财!他突然停下思考,无比冷静,害怕这时有人突然进来发现这个秘密。于是,他

The diamond smugglers

的手脚变得异常麻利,把纸连同信封用火柴点燃了,接着又把纸灰倒进厕所。然后,他拿出大比例的奥地利区域军用地图,看了一会儿,把手指点到弗朗奇斯卡娜哨所上。在这个地方,周围荒无人烟,是登山者的临时休憩点,也是恺撒山东边最高峰下面的隐蔽处。有成群成片的巨石,令人惊叹,使得人们对基茨比厄尔的北方地平线望而生畏。那个石堆就在那儿,他用手指轻轻点了点,整个路程差不多十英里,可五小时的山路也绝不是开玩笑的!

如同邦德刚才描述的,那天早上的四点,史密斯来到奥伯豪尔的木屋逮捕了奥伯豪尔。他告诉哭哭啼啼的家人,他要把奥伯豪尔押带去慕尼黑的审讯大本营。如果奥伯豪尔没有为德国人效过力,等到审讯结束,一星期后就能回家。如果家属因此吵闹滋事,只能给奥伯豪尔制造麻烦。史密斯拒绝说出自己的名字,并且老谋深算,把吉普车的车牌号也遮住了。二十四小时以后,他所在的 A 部队就要开始行军,在军事管制政府到达基茨比厄尔的同时,这件小事便会完美地隐匿在乱糟糟的接管大环境中。

奥伯豪尔是个不错的家伙,他不一会儿就从惊吓中恢复了平静。奥伯豪尔在战争开始前就爱好滑雪和登山,当史密斯聊及此类话题时,意料之中,这两个人的关系开始变得亲密。他们沿着恺撒山的山脚向库夫施泰因前进,史密斯开得非常缓慢,他们看到了黎明时分粉红色的霞光,最后,慢慢地变成了一点金色。史密斯对一路景色都啧啧称赞。跟着,他拐进一条杂草丛生的小路,转过座位,直截了当地对奥伯豪尔说:"奥伯豪尔,在和你的交谈中,我发现我们有很多共同的爱好,让我打心眼儿里喜欢你。现在,我已经清楚地了解了你，确定你并不会同纳粹合作。现在，我要告诉你接下来我的打算。我们得花点儿时间登上恺撒山，然后送你回到基茨比厄尔，并向我的指挥官报告，说你在慕尼黑被审讯过了，并无任何不良记录。"他咧嘴笑道，"这样，你觉得行吗？"

面前的男人感激得快要哭出来了，但是他拿着一张纸就能表明自己是个好公民吗？一定能的，因为史密斯少校的签字就可以证明。他向史密斯少校不停地表达自己的感谢。吉普车再次发动，在山间的道路上奔跑起来，他们保持着匀速，穿过一座又一座的带着松木气味的小山包。

史密斯已经为登山做好了一切准备工作。他穿了一件速干衬衣、短裤和一双结实的橡胶底筒靴，这些都是美国伞兵的装备。他还带上了一把韦伯利系列左轮手枪。对他而言，奥伯豪尔毕竟是敌人，何况到时候，枪一定会发挥作用。奥伯豪尔穿着他最好的一套西装和靴子，用来登山有点可惜，不过这并没有让他觉得难过。他告诉史密斯少校，准备的绳索和岩钉并不适合他们在此处攀岩，而且就在他们的垂直上方，有一个遮风避雨的小木屋可以用来歇脚。那地方叫作弗朗奇斯卡娜哨所。

"确定吗？"史密斯少校问。

"是的，在那下面有条很小的冰川，非常漂亮。但是有很多裂缝，所以我们得绕着它爬上去。"

"这样做行吗？"史密斯少校思考着，他看看奥伯豪尔的后脑勺，上面挂满了一颗颗的汗珠，心里想，自己是从充满血腥味的战场上摸爬滚打出来的，要干掉这小子，就像弄倒一根树枝那样容易。

但是，唯一让自己焦虑的，是怎么把那些东西搬下去。背下去吗？信上说金砖藏在弹药箱中，说不定可以让箱子顺着山坡滚下去。

在地图上看起来路程一点也不远，可走起来就不是那么回事了。当他们到达森林线的地方时，太阳已经出来，让人感觉很热。到处都是岩石和碎石堆，他们弯弯曲曲地行进，橡胶底的鞋踩在上面叽叽嘎嘎地响个不停。有些碎石，在踩动下沿着刚才爬过的小径不停地滚下山，他们更加感觉到悬崖的险峻。尽管如此，他们还是疾速前进。两人满身大汗，裸露上身，汗水流下来，顺着小腿肚子流进靴子。奥伯豪尔虽然跛着一条腿，可速度确实非常快。这时，他们停在山间一条湍急的小溪边，下来喝了点儿水，又擦了擦身子。奥伯豪尔连连称赞史密斯少校壮硕的身材，而少校满脑袋都是他的白日梦，他敷衍地回应着奥伯豪尔，随口说了句"所有的英国士兵都有这样的好身材"，随后，又急着匆匆赶路。

这时，岩石呈现出光秃秃的形态。史密斯少校清楚地知道，哨所或者说登山者休息的小屋差不多就在上面。攀爬过程中一个小小的立足点就在眼前，这是以前来过的人留下的，还有几枚铁钉被打进了裂缝。他有点庆幸自己找一个好向导的决定，毕竟，要是他自己的话，根本发现不了这条小道。

有一次，奥伯豪尔抓到一块岩石，想找到支点攀爬。可是，这块石头由于受到至少五年以上的雪冻霜打，根基不稳。奥伯豪尔一使劲，石头趁势翻动，便轰隆隆地滚到山下。幸亏他经验丰富动作快，抓住了旁边的岩石，才避免了悲剧的发生。当时，史密斯有些犹豫地抓住了奥伯豪尔伸出的手，帮他从一块厚厚的石头上移动到安全地带。刚过来,这块石头也轰隆隆地滚到了山下。不过,这轰隆隆的声音倒让史密斯少校想到了点儿什么。

"这附近有人住吗?"他看到岩石往山下滚去的时候,问了一句。

"要到库夫施泰因附近才能见到人。"奥伯豪尔回答,他指着荒无人烟的山尖地带,"这里没有牧草,也没有水源。只有一些登山者来过,而且,自从战争开始后……"他突然就停了下来,不再说了。

他们绕过了犬牙交错的冰川,现在只有一小段路就要到山顶了。史密斯少校小心翼翼地查看裂缝的宽度及深度。不错,这是个干掉他的好地方!就在他们头顶的上方,差不多一百英尺处,就是山肩遮风避雨的地儿,那是临时休息的残破小木屋,可以在里面睡觉吃东西。史密斯少校量了量斜坡的角度,是的,它正如直线般垂直。好吧,是现在动手还是再等等?他想了想,还是再等等吧,这最后攀爬的路程还得指望奥伯豪尔。

五个小时后,他们到达了小木屋。史密斯少校说他想要放松放松,便沿着山肩往东边闲逛。实际上,他并没有心思留意奥地利和巴伐利亚的一连串美景,而是仔仔细细地查看了另一边的悬崖。然后,他小心翼翼地数着自己的步子,非常精确。就在数到一百二十步的地方,出现了一个圆锥形的小石堆,样子像是纪念一位受人喜爱的已逝登山者。此时的史密斯少校看见它,恨不得马上把石头全部踢飞,挖出藏在下面的金砖。不过他还是控制下来了,掏出韦伯利左轮手枪,将子弹上膛,斜视枪筒,快速转动了一下,然后就回去了。

The diamond smugglers

海拔一万多英尺的地方特别冷,奥伯豪尔钻进小木屋,正忙着生起一堆火。史密斯少校收起他眼神里的厌恶。"奥伯豪尔,"他愉快地招呼,"快出来吧,给我介绍一下美丽的景色,这儿真是棒极了。"

"好的,少校。"奥伯豪尔跟着史密斯出了小木屋。在外面,奥伯豪尔从屁股口袋里掏了点什么出来,史密斯定睛一看,原来是卷成一团的纸。奥伯豪尔打开纸卷,露出一截皱巴巴的硬香肠。他递给少校:"我们把这玩意儿称作'苏丹特'。"他有些害羞地说,"就是烟熏肉,非常硬,不过滋味还不错。"他笑道,"有点类似狂野的西部电影里人们吃的东西,在电影里叫什么来着?"

"干肉饼。"少校回答,内心又对奥伯豪尔涌出一股厌恶,"把它留在小木屋吧,我们待会儿回来分享。我们过去看看,能看见因斯布鲁克吗?给我指指在哪边。"

奥伯豪尔进了小木屋,很快就走了出来。在他们交谈的时候,少校慢慢落到了他的后面。奥伯豪尔边走边谈,不停地指着远方,那里像是教堂的塔尖,也像某处的山顶。

过了一会儿,两人来到冰川上方凸起的岩石上,史密斯少校突然拔出左轮手枪,站到两英尺外,朝前面的人射出了两颗子弹,只一瞬间,子弹深深地嵌入奥伯豪尔的头骨,毫无失误!死亡之弹!

奥伯豪尔立刻就死了,他倒下的时候往外一偏,坠下了悬崖。史密斯少校惴惴不安,往外探了探,看见尸体重重地在岩石壁上碰撞了两下,往冰川下掉,但是并没能如预期般掉入大山的裂缝之中,而是掉在了常年积雪的半坡上!"见鬼!"史密斯少校怒吼了一声。

生死时刻

枪声不停地回荡在山林之间,很久才慢慢消失。史密斯少校又看了一眼雪中模糊的人影,便匆匆离去,因为他还有更重要的事情得做!

他来到圆锥形的小石堆处,开始像个魔鬼一样疯狂工作。少校不停地刨着粗糙笨重的石头,不分青红皂白,往左右两边随便扔。他的双手开始淌血,可丝毫不在意。石堆只有两英尺了,什么东西都还没看见!该死!他弯下腰,继续挖,突然,石堆中露出了一个已经发白的金属箱子的边缘,他高兴得发了狂,是的!就是它!他再搬开一些石块后,整个箱子露了出来!——老纳粹国防军的弹药箱,上面刻着的字母可以证明。史密斯少校高兴地大叫,一屁股坐在尖利的乱石中间,这时才觉得有些累,脑海里不停地闪现一些臆想中的画面:蒙特卡洛度假、豪华的复式小阁楼别墅、卡地亚、香槟、鱼子酱以及一组崭新铁头的高尔夫球棒,等等等等。

史密斯少校坐在那儿,看着发白的箱子足足有一个小时,他完全沉浸在自己的想象中。然后他看看表,迅速站了起来。他还得花时间来处理痕迹。箱子的两旁有把手,史密斯少校掂了一下,估计着它的重量。战前,他在苏格兰逮到过一条40磅重的三文鱼,那可是他这辈子扛过的最重的东西了,可这箱子差不多有那条鱼的两倍重。他将箱子从石块中掀起来,一点点移动到旁边的草地上,然后用他的手帕拴住一个把手,笨拙地把它移动到小屋旁。他一屁股坐到门前的石阶上,眼睛没有离开过箱子。他抓过奥伯豪尔的烟熏肉,用自己的牙齿一口撕开,想着如何把这个差不多值5万磅的箱子弄下山,还得马上藏到一个安全的地方。

奥伯豪尔的肉肠是登山者的极品口粮，不仅硬，富含脂肪，还添加了很多的大蒜。很不幸，史密斯少校的牙齿被卡住了，他感觉很不舒服，用一根火柴把它剔了出来，吐到地上。这一刻，高智商的头脑快速运转，他马上仔仔细细在石头缝和草丛间寻找吐出的残余物，拾了起来，一口吞了下去。是的，从现在开始，他已经是一个罪犯了，和抢劫了银行、射杀了保安的罪犯无异。只不过，他是一个犯了罪的警察，要是有一点疏忽，他都得进监狱，再也无法寻欢作乐。所以现在，他不得不背负无休的痛苦，既然选择了这条路，上天就注定要他承受相应的折磨！但是，从这以后，他会富有和快乐！一想到这，他花时间清除了小木屋里有人来过的痕迹，又把弹药箱推到悬崖边，想把它推下去。他暗暗祈祷，希望箱子翻滚的时候不会落入冰川。

这只发白的箱子，在空中打了几个滚，砸中了一块凸起的岩石，落到了峭壁上的斜坡，开始颠颠簸簸地蹦了一百多英尺。箱子上的铁钉被震得叮叮当当，四处散落，最后在一堆碎石间停下了。史密斯少校此刻只关注箱子是不是已经打开了，但是他看不清。因为先前自己试图打开，无论怎样都没有成功，而现在已经无所谓了，一切交给这座高山吧！

他环顾了一下，就开始往悬崖下攀爬。每一次钉岩钉他都异常小心，在把自己全部身体附上去之前，手和脚先不断地试探。对他而言，往下比往上更难，因为他要更加珍重自己的身体。他走向冰川，穿越雪地，往那个黑点移去。即便留下脚印也没有大碍，几天之后，太阳就会融化积雪，到时什么都没有了。他在这里看到了奥伯豪尔的尸体,关于尸体,他在战争中见得多了,血淋淋的断胳膊断腿根本不算什么。史密斯拖着奥伯豪尔残缺的身体丢进了最近的一个极深的裂缝,又小心翼翼地沿着裂缝的边缘,填了无数多的雪,把尸体埋在了里面。直到他对自己的杰作感到满意后,才沿着原先的脚印走回来,继续往斜坡处的弹药箱走去。

是的,高山帮他打开了弹药箱盖子,箱子中装着用图纸包装的东西,他扯开图纸,两坨厚厚的金属在太阳下闪着金光。每一块上面都有类似的标志——老鹰下面有个圆圈,里面是纳粹党的"卐"字,日期标注为1943年,这是纳粹德国国家银行的标记。史密斯少校满意地点点头,重新用纸把金砖包好,再拿石头把变形的箱盖砸平,扣上去。然后,他解下韦伯利手枪的佩带,系住箱子把手,搭在肩上,拖着身后沉重的负担。

已经是下午一点了。太阳火辣辣的,照在史密斯少校的身上,他全身已经汗水涟涟。他的双肩由于炙晒变红,脸上也感到疼痛。真是该死!他在冰川流下的一条小溪旁停下,把自己的手帕浸到水中,洗了个脸,覆到前额上,然后喝了几大口,又往前走了。一路上,弹药箱不停地撞脚踝,让他不停地咒骂。不过他又安慰自己,此刻痛苦一下算得了什么?不管怎样,现在是下山,总可以借助斜坡的力量运这只箱子。待会儿到了山下,差不多有一英里的平路,他到时还不得不独自扛上它前行。想到这,史密斯不寒而栗,背上忍不住涌起一阵灼烧的感觉。"噢,好吧。"他告诉自己,"要想成为百万富翁,就得忍常人所不能忍!"

下到山下,这一刻终于来临了。他先坐在冷杉下的苔藓上歇息了一会儿,脱下速干衣,拿出箱子中的两块金砖放到上面裹住,再把衬衣的袖子卷起来,打成一个尽可能结实的包裹,跟着在边上挖了一个洞,埋了空箱子,然后抓住两只袖管,打成死结,做成简易的吊带圈。他跪下把头伸进去,两只手抓住两边以保护脖子,再跟跟跄跄地站起来,尽可能保持前倾,以避免包裹晃动。他背上的重东西,差不多有自身体重的一半,史密斯喘着粗气,就像一个苦力拖着沉重的步子在林间小道上慢慢地移动。

直到今天,他都不知道怎么把包裹弄到吉普车上去的。一路上,衣服打成的吊带圈越拉越长,金砖一次次地撞向他的小腿,他不得不停下来重新整理。每一次,他都必须坐下歇一会儿,把头深深地埋进自己的手中,又挺起身来再挪几步。他全神贯注地数自己的脚步,每走一百步就休息一次。一路上,他不停地祈祷,差一点就到了崩溃的边缘。就这样,一点点的,终于到达停吉普车的地方。史密斯瘫倒在车旁,感到自己的体力恢复后,才忙着把金砖埋藏在树林里,又堆了一块石头,保证以后找得到。做完了这些,他又把自己收拾了一番,绕开奥伯豪尔家的木屋,迂回地回到自己的住处。太好了,什么都完成了,史密斯给自己开了一瓶杜松子酒,又吃了一些东西后,爬上床死死地睡了一场大觉。

第二天,综合事务局的"A"部队离开了米特西尔大峡谷,对其他匪徒进行了新一轮的追击。六个月后,史密斯少校回到伦敦,战争也结束了。

可是战争结束给他带来了新的问题。要知道,走私黄金是非常困难的一件事,何况史密斯少校的黄金实在庞大。他必须将它们运过英吉利海峡,藏在新的隐藏地点。所以,他推迟了复员,想依赖自己红色标签的临时军衔,用军事情报人员的权力创造通行的便利条件。很快,他就作为在慕尼黑联合审讯中心的英国议员重回德国,在那儿担任六个月的书记员工作。在这期间,史密斯取回了黄金,并把它们隐藏在破烂的手提箱里。他利用周末的休假时间飞回英国,每次都在笨重的公文包里夹带一块金砖,当他穿过慕尼黑和诺索尔特的机场时,尽量装出公文包里只有几页文件的轻松样。每次这样做之前,他就先吃下两片安非他命药片,再凭借钢铁般的意志做后面的事。终于,他安全地把金砖藏在金斯敦姑姑家的地下室,终于可以从从容容地考虑以后的计划了。

后来,他从皇家海军退役,复了员,跟当时在综合事务局里睡过的众多姑娘中的一位结了婚。这个姑娘是位金发女郎,非常迷人,出身中产阶级,名叫玛丽·帕内尔。他们在早期从埃文茅斯到牙买加金斯敦运送香蕉的船上相遇,发现彼此有共同的生活愿景,包括向往充满阳光的金斯敦、精致的食物以及便宜的烈酒等等,那就是人间的天堂。在那儿,没有限制,也能远离战后的英国工党政府的管理。动身前,史密斯少校给玛丽炫耀了他藏的纳粹德国银行的金砖。

"你会发现我有多聪明,亲爱的。"他说,"我才不相信现在的英镑呢,所以我把所有的证券卖了出去,换回了这些黄金。如果交易不错,这两块金砖能值5万英镑,足够我们吃喝玩乐整整二十五年。只要我们想用钱,就把它们切成薄片拿去换掉。"

玛丽·帕内尔并不熟悉在当下的法律中,私下兑换黄金是不被允许的交易。她跪下来,用双手捧住金光闪闪的可爱物,然后站起来,张开双臂搂住史密斯少校的脖子,不停地狂吻:"你真是太棒了,多了不起的男人啊!"她说着,眼睛泛着泪光,"你帅气、勇敢,特别聪明,现在我还发现你是如此富有,我真是世界上最幸运的女孩。"

"好吧,不管怎么说,我们确实很富有。"史密斯少校说,"但是你要向我保证一个字都不会说出去,我们周围到处都是牙买加的窃贼。来,给我发个誓如何?"

"我发誓,全心全意。"

王子俱乐部,位于金斯敦的山麓,这可是一座享乐的美妙乐园。里面的会员举止有礼,服务生服务周到,还有丰盛的食物和酒,甚至连庭院也修整得异常漂亮。而这对夫妻以前竟然不知道这个地方。如今,他们是其中受欢迎的一对夫妇,史密斯少校的战争经历为他们赢得了政府大楼社交圈的入场券。从此以后,生活便是无休无止的应酬和招待。白天的时候,人们邀请玛丽打网球,邀请史密斯少校打高尔夫。晚上,玛丽喜欢桥牌,而少校则对扑克感兴趣。是的,在当时他们的祖国英国,每个人都抢着猪肉罐头,猖獗的黑市让人们的生活雪上加霜,人人都在诅咒最不堪的生活时,在金斯敦,他们却享受着人上人的待遇。

刚开始史密斯夫妇进行现金消费,这些是退伍金。在整整一年的仔细观察后,史密斯少校决定跟胡氏兄弟做生意。胡氏兄弟在当地颇有威望,而且非常富有,是贸易兴隆的牙买加华侨商会的头面人物。虽然他们的一些交易并非光明正大,但是史密斯少校认为正是因为如此,两兄弟才能完全值得信赖。当年,布雷顿国际金融共济会签订了条约,确定了世界黄金价格的控制指数。但是人人都清楚,只有丹吉尔和澳门这两个自由港口不受此限制,布雷顿国际金融共济会无法对此监管。况且,这两个地方的黄金价格至少是99.9%的纯度下,每盎司100美元。实际上,99%的纯度也行,相比于世界通用价,每盎司才35美元。而且,极为方便的是,胡氏兄弟已经开始同紧急复苏的香港进行贸易,还可以通过这个港口走私到邻居澳门,史密斯少校觉得用这个方式进行黄金交易非常安全。于是,他同胡氏兄弟进行了一次愉快的谈话。可当检查黄金时,他们发现金砖上缺少制币厂的标志,于是提出了一些问题。

"你瞧,少校。"两兄弟中的哥哥温和地坐在一张大大的桃花心木桌后,上面什么都没有,"在黄金市场上,人们更愿意购买标有国家银行或大型制币厂标志的黄金,这些标志能保证黄金的纯度。毕竟有些银行和交易者,他们的黄金……"说到这,他嘴角的弧度大了起来,"不太精确,换句话说,纯度并不高。"

"你的意思是指原来的这两块金砖是假的?"史密斯少校感到一阵紧张,"难道它们只是覆盖了一层镀金的铅块?"

两兄弟脸上挂着安抚的表情,不停地安慰史密斯:"不,不,少校,那是天方夜谭。但是,"笑容依然挂在他们嘴边,"如果你不愿回忆这些高纯度金砖的来源,你就会像只无头苍蝇般毫无目标地交易。这样吧,把它们拿给我们检验,毕竟我们有很多方法可以检验这些金砖的纯度,我们兄弟俩有能力完成,如果你同意,午餐之后再回到这里来,好吗?"

史密斯少校别无选择,他现在只有完全信任胡氏兄弟,就算他们编造黄金的纯度,他也不得不接受。从胡氏兄弟那里出来后,史密斯去了小餐馆,毫无滋味地喝了一两杯酒,还狼吞虎咽地吃了一个三明治,差点没把自己卡住。然后,他匆匆去了胡氏兄弟凉爽的办公室。

屋里的陈设一如先前,甚至两兄弟脸上的笑容、两块金砖和他的手提箱都是一样。唯一不同的是,哥哥面前多了一张纸和一支派克金笔。

"金块的纯度没什么问题,少校。"

"感谢老天!"史密斯少校心想。

"不过,我相信你会对这些金砖的历史非常感兴趣。"

"是的,确实如此。"史密斯少校回应,装着有莫大的兴趣。

"它们是德国金砖,少校。或许来自战时的德国国家银行,我们是从里面含了10%的铅推测出来的。希特勒当政期间,德国国家银行有一个非常愚蠢的做法,就是往黄金里面掺假。这种下流的手段很快就被交易者们发现了,导致当时在瑞士,德国黄金价格不断下跌。德国人真愚蠢,这种行为的结果就是,德国国家银行几个世纪以来辛苦建立的信誉,全都毁于一旦。"最初的笑容在胡氏兄弟脸上一点都没有消散,"非常糟糕的生意,少校,他们太蠢了。"

史密斯少校对这两兄弟关于世界上的顶端交易渠道的信息知晓得如此清楚,感到赞叹不已。但是他内心也不断叫苦:那现在这算什么?但是表面上,他故作轻松:"非常有意思,胡先生,对我而言真不是一个什么好消息,这些金砖不是好货。对了,你们在黄金市场的专业术语把它叫什么来着?"

胡氏哥哥用右手轻轻地点了点："是不是纯金不重要，少校，或者说，有那么一点小小的重要。我们会按照它的实际价值卖出，用我们的话说，就是以89%的纯度卖出。买主买到手后可能会对它重新提纯，也可能不会，不过，那已经不是我们该思考的了。总而言之，我们只会卖实际价值。"

"不过得以一个较低的价格。"

"当然了，少校。其实，我认为我给你带来的是一个好消息。你估计你这两块金砖值多少？"

"我认为在5万英镑左右。"

胡氏哥哥干笑了一声："我认为，如果我们用点儿脑子，不着急出手，你应该会得到10万英镑。少校，只不过得给我们付点手续费，包括运输及装载费用等。"

"多少钱？"

"我们认为应当是总价的10%，少校，如果你满意这个价格的话。"

史密斯少校原以为黄金市场的经纪人只抽取1%的佣金，真该死，可又有什么办法呢？何况总价值比自己预计的还高了一些，他只好说："成交!"站起来，把手伸过桌子。

从那时起，每隔一个季度，他就会领着空空的手提箱去胡氏兄弟的办公室。每次在那儿，宽大的桌子上就会放着一千张新的牙买加钱币，以及一张单据，上面是在澳门交易的数量及价格。同时，这两块金砖在一寸寸减少。看起来是简单、友好、高质量的交易，除了10%的额外压榨，史密斯少校对一切还是挺满意的。毕竟，一年有

4万英镑的收入，还是非常不错了。他唯一担心的就是跟在他屁股后面追他缴所得税的家伙们，他担心这些人迟早会发现端倪。于是，他向胡氏兄弟提及此事，看他们拍着胸脯保证不必担心。接着，在新一轮的四个季度里，桌子上只有900磅，而不再是1000磅，双方心照不宣，彼此都没有异议。

就这样，他不用付出任何劳动，过了十五年慵懒富裕的日子，史密斯夫妇都发福了。史密斯少校也平生第一次发作了冠心病，他的医生告诉他必须要减少喝酒和抽烟，还要避免吃高脂肪含量和油炸食品。于是，玛丽试着约束他，但他总是偷偷喝，还不停地撒谎。玛丽朝他大吼大叫，史密斯少校觉得她变成了自己的看守，她的痛斥让少校不再爱她。后来，争吵变得越来越频繁，玛丽也离不开安眠药了。终于在一个夜晚，史密斯喝得酩酊大醉后，他们之间爆发了一场异常激烈的争吵，玛丽服用了过量的安眠药。本来只是想给他点儿教训，不过量实在太大，玛丽就这样去世了。死亡结束了争吵，然而史密斯少校的心里却留下了阴影，他开始不愿社交，便来到北岸地区。尽管这里是个小道，离首都仅仅三十英里，却与首都大不相同。他整日待在"微浪"别墅，喝酒又导致他第二次犯病，这一次让他差点死掉，直到叫邦德的男人来到这里，口袋里还揣着一份置他于死地的证据。

史密斯少校看看表，还差几分钟就到十二点了，他起身又倒了一杯白兰地加姜汁酒，便出门来到了草坪上。邦德正坐在海边的杏树下望向大海，史密斯少校在他面前拉过另一张铝制的花园椅，又把酒放到他身边，这个男人甚至连头也没抬。

史密斯少校讲完了自己的故事。邦德冷冷地简短回应:"是的,跟我查到的差不多。"

"我要全部写下来并签字吗?"

"如果你愿意,可以这么做。不过不是给我,是给军事法庭,你以前服役的部队会着手进行全部程序。我与司法部可没什么关系,我要做的就是把你告诉我的整理成一份报告交给我的机构,他们会转送皇家海军,再送至苏格兰场的公共检察官手里。"

"我能问个问题吗?"

"当然。"

"你们是怎么发现的?"

"那条冰川。今年刚开春的时候雪融化了,奥伯豪尔的尸体在河底被登山者发现。他身上所有的证件和东西都保存完好,家人也确认了尸体的身份,于是我们就开始追索这件事。至于怎么发现你的,那就是留在他身体里的子弹。"

"你又是如何参与其中的?"

"综合事务局也是我职责范畴的部门,嗯,我碰巧在其中看到过这个案子的卷宗,刚好自己又有空,便主动要求查这个案子。"

"为什么?"

邦德直视史密斯少校:"奥伯豪尔正好是我的一位朋友。战前,当我还是少年时,我跟他学滑雪。他是一个非常不错的男人,对我而言,他甚至如同一个父亲。"

"噢,我明白了。"史密斯少校看向其他地方,"我很抱歉。"

邦德起身:"好吧,我要回金斯敦了。"少校想要送送他,被他拒绝了,"不,别麻烦,我自己会走到车旁的。"接着,用了一种刺耳的语调告诉史密斯,"差不多一个星期后,他们会派人来接你回国的。"说完,他就穿过草坪和房屋,史密斯少校听到铁门咔嚓响,紧接着一阵汽车发动带着乱石的声音,他知道邦德已扬长而去。

史密斯少校沿着暗礁追寻自己的猎物,仔细体会邦德最后一句话的含义。倍耐力潜水面罩下的嘴唇不停地张合,露出发黄的牙齿。很明显,让一个有罪警察单独留下,还带着左轮手枪,这实在有点夸张。按照常理,邦德应该先给政府大楼打电话,要求牙买加警察把自己强行拘留,可是现在却留给他一种体面的方式,难道不是吗?或许自杀才干干净净,还能节约一大堆的书面报告和纳税人的金钱。

在邦德的压力下,他要干脆点儿吗?好快点去找玛丽。要不然,就得等审讯结束,其中他必须屈辱地忍耐冗长枯燥的正式手续。这生命啊,无聊又乏味,说不定马上就要发作第三次冠心病,会让他立刻死去吧?或者应该反抗一下,利用战时特殊的时期为自己辩护。他可以编造一个与奥伯豪尔之间的搏斗,比如奥伯豪尔知道金子的藏匿处,是他在犯罪,并且试图逃跑,自己擒住并打死了他。可自己也没能抵住黄金的诱惑,私吞了黄金,这是显而易见的事实。他毕竟只是一个可怜的突击队官员,面对这样一笔天上掉下来的大横财不可能无动于衷。

他仿佛已经看见了自己在法庭上受审的场景。自己穿着传统制服站上军事法庭:他身材壮硕、挺得笔直,红色的制服上面挂满了精致的蓝色勋章。法庭审理过程中,屈辱以及来自各方的压力让他极不舒服,最后倒在了法庭上。说不定,还有可怜他的老战友。记得曾经阳光明媚的一天,在战友吉夫斯的帮助下,他把紧身胸衣成功地挤了进去,确保把他四十英寸的腰缩小到三十四英寸,应该是二十还是三十年前吧。走过法庭地板的时候,还能看见查塔姆,那也是他曾经关系不错的伙伴,至少在他当上少校之后还能相互尊重。或许他会帮助自己向高等法院进行上诉,到时候,案件成为影响整个社会的轰动新闻。当然,他还可以利用最后那一点点时间,把自己的故事写下来,卖给报纸,写本书……

史密斯少校慢慢兴奋起来,别那么得意,老伙计!当心!你难道忘了刚才那家伙的话?他上了岸,把脚插进沙堆里,任由北岸区东北边卷来的浪一波一波地冲过来,这让炎热的季节变得凉爽。这种气候叫飓风季,会持续整个八月、九月甚至十月。他很快又喝下了两杯粉色的杜松子酒,简单地吃了午餐,睡了一个踏踏实实的觉。然后,他更细致地想了一次现实问题。他觉得到晚上,要去喝阿伦德尔的鸡尾酒,到杂木林公园的海滩俱乐部吃晚餐,还喝了马凯西酒。玩了一会儿桥牌后,回到家里,吃几片西可巴比妥药片就睡觉了。他喜欢这样熟悉的日常生活,感到很愉悦,甚至邦德的黑影都开始模糊了。那么现在,锯鲉,你在哪儿?八爪鱼在等着午餐呢!史密斯少校回到现实,他的眼睛随着头脑清晰地转着,四处搜索,沿着珊瑚丛的小谷,向白边的暗礁处游去。

突然,他看见了大龙虾的两只长长的触角,这是西印度洋龙虾,与锯鲉同属一科。它从珊瑚的裂缝里钻出来,不停地朝他挥舞着触角,搅起了一阵阵的水波。这两只触角又粗又长,真是一个大家伙,足足有三四磅重。如果是平时,史密斯少校一定会抬起脚,把沙子往它的巢穴扬去,逗它出来,因为这是一个充满了好奇心的家族。然后,他就可以刺杀它,带回去当午餐。可是今天,他脑袋里只有一个猎物,只有一种鱼的外形能吸引他全部的注意力,那就是锯鲉多毛且不规则的轮廓。十分钟后,他在白色的沙子里看见一团覆满了海藻的岩石似的东西,他有些兴奋,是的,那正是他要找的家伙。他轻轻站起来,用脚试探了一下,看见锯鲉背上的毒刺一根根地竖起来。这家伙的个头真是不错,差不多有四分之三磅。他抓起自己的三叉戟鱼矛,慢慢朝它挪动。突然,鱼睁开了猩红色的眼睛,怒气冲冲地看着他,他应该以一种垂直的角度,往它的背鳍处猛刺,否则,那些毒刺就会反过来伤到他。史密斯少校抓起鱼叉,准备朝锯鲉进攻,可是锯鲉感受到了轻微的冲击波浪,它突然垂直急升,像天空中的鸟一样带起了呼呼的风声,卷起了层层沙,从少校的肚子下面一穿而过。

史密斯少校骂了一句,跟着它在水里旋转前进。是的,这是锯鲉惯用的伎俩,它又要逃到最近的海藻覆盖的石头下面,信心满满地进行自以为高超的伪装。史密斯少校又往前游了几英尺,再次举手猛刺,这一次,他精准地刺中了锯鲉,看着这个生命在叉尖上痛苦地扭来扭去。

花费了不少力气,让史密斯少校气喘吁吁,同时也异常兴奋。他感到胸口的老伤有点疼,是实实在在的疼。他站了起来,举着穿起锯鲉的叉子,慢慢地走回沙滩,往海边结葡萄的木制长凳走去,他顺手在身旁放下鱼叉,坐下来休息。

生死时刻

大概五分钟后,史密斯少校感到自己的太阳穴有点麻,他漫不经心地看了看自己的身体,瞬间因为惊恐而四肢麻木。他不敢相信,在他的皮肤上,有一块板球大小的皮肤,原本是黄褐色,现在已经变成了白色。在这块皮肤的中间,有三个被刺穿的小孔,一个挨着一个,汩汩地冒着鲜血。不自觉地,史密斯少校用手把血抹了去,可是很快,小洞里又冒出了血。史密斯少校想起锯鲉在急速上升过程中的挣扎,他大声吼道,声音里没有仇恨,而是敬畏:"你刺中我了,你这个浑蛋!上帝啊,你刺中我了!"

他很平静,坐得直直的,低头看自己的身体。想起曾经从美国公共图书馆里借回一本一直没有归还的书,叫《危险的海洋动物》,里面清楚地记录了被锯鲉刺伤的情形。他按了按围绕小洞旁的白色皮肤,有一种针刺的感觉。是的,皮肤已经开始完全麻木,而且下面的肌肉开始抽痛。非常迅速,甚至和中枪的剧痛差不多,而且这种痛开始蔓延整个身体,会让他倒在海滩上,浑身剧烈抽搐。他还会忍不住大吼大叫,口吐白沫,浑身痉挛,神志不清,到最后心力衰竭而死。按照书里讲的,整个过程只会持续十五分钟,这就是他剩下的生命,多么令人毛骨悚然的十五分钟!当然,也有很多药物可以治疗,包括普鲁卡因、抗生素以及抗组织胺等,只要他脆弱的心脏能够顶得住,可能还有点生存希望。可是这些毒素已经快到达心脏了,即使他爬上去进了屋子,通知卡休萨克医生带来这些有效的药,医生赶到"微浪"也需要一个小时。

一阵剧烈的疼痛撕裂着史密斯少校的身体,他疼得直不起腰来,接着,疼痛一次又一次地袭来,甚至到达他的胃部和四肢。现在他的嘴里有股发干的金属味,嘴唇刺痛。他呻吟着,从木凳上倒下去,跌在沙滩里。身旁的沙滩上传来一阵扑打声,这让他想起了锯鲉,虽然仍在间歇性地抽搐疼痛,感受到一阵阵如火烧的痛苦,但他强迫自己镇静下来,脑子竟异常清醒。是的,就是现在!不管怎么样,他都要去给八爪鱼送午餐!

"哦,小八爪,我的小八爪,这是你得到的最后一餐。"

史密斯少校强迫自己跪下来,用四肢爬行,他找到面罩,用尽所有的力气戴在脸上。一只手举起鱼叉,上面仍插着那条扑腾的锯鲉,另一只手紧紧地顶住自己的胃,感觉会舒服些。他不停地爬啊,爬啊,一路跌跌撞撞,从沙滩滑进海里。

他下水的地方,到八爪鱼的珊瑚丛巢穴大概有五十码,史密斯少校罩着面罩一路狂叫,虽然大部分的路程他都是跪过去的,但是接近目的地时,水域开始变深,他不得不强迫自己站起来。剧烈的疼痛让他前后摇摆,仿佛是一个木偶,被人绑着绳子机械地前行。他拼尽了全身的力气平衡自己的身体,可是由于疼痛发出的尖叫,吐出了热气把面罩上的眼镜蒙上一层雾气,他现在把头扎进水里,让海水涌入进行清洗。他疼得咬破了下嘴唇,血液淌了出来,他小心地弯下腰,向八爪鱼的洞穴窥视,是的!这团褐色的小东西在那儿,正兴奋地舞动着它的八只触手。奇怪?它怎么如此激动?为什么?史密斯少校向四周看了看,发现自己黑色的血珠正在水里扩散开来,他明白了,这可爱的小东西正在舔舐他的血液。又是一阵疼痛,史密斯少校差点晕厥过去,他听见面罩里自己正疯狂地胡言乱语:"快过去,德克斯特,老伙计!你已经给八爪鱼准备好了午餐!

就一定要送到它嘴里！"他挺了挺身，降低鱼叉，把锯鲉往下送，一直送到八爪鱼扭曲蠕动的嘴巴边。

八爪鱼会享用这条诱饵吗？这正是会让史密斯少校死于非命的毒饵啊！如果玛丽在这儿，一定会好好观察吧？这时，八爪鱼的三只触手，兴奋地从洞里伸出，卷了过来，将锯鲉一圈又一圈地包裹。此刻，史密斯少校的眼睛前有层灰色的迷雾，他知道自己就快要死了，于是奋力地摇摇头，想保持最后的清醒。突然，触手又猛地卷了过来，可这次不是伸向锯鲉，而是史密斯少校的胳膊！史密斯少校的嘴角弯曲，出现了一个满意的笑容。现在，他终于要和八爪鱼握手了，多么令人兴奋的时刻！多么美妙的时刻！

八爪鱼异常兴奋，无情地把史密斯少校往下拉，到现在少校才意识到这是一个多么恐怖的结果。他举起带着锯鲉残渣的鱼叉向下猛刺，想把锯鲉进一步送到八爪鱼身边，但他的胳膊却更多地暴露给了八爪鱼，触手把他缠得更紧了。完了，完了，一切都完了！史密斯少校胡乱地扯下面罩，霎时，一声绝望的闷吼传遍了整片空旷的海域！紧接着，水面上出现了一连串的气泡，不断地扩散，直到消失殆尽。过了一会儿，史密斯少校的腿浮出了水面，他的身体漂浮着，而八爪鱼正拖着他的右手，试探性地用铁钩似的牙齿咬噬着上面的第一根手指。

残缺的尸体被两个牙买加年轻人发现了，当时他们正乘着独木舟结网捕获颌针鱼。他们刺死了缠着史密斯少校鱼叉的八爪鱼，顺便还带走了三块残缺的尸体。回到家后，用传统的捕鱼方法，砍下八爪鱼的头，翻出它的内脏，又把史密斯少校的尸体交给了警察，把八爪鱼当作了美味的晚餐。

当地《收集日报》的记者报道了史密斯少校不慎被八爪鱼吃掉的消息,但是报纸将这个事件解读为"溺亡",以免吓跑前来旅游的人。

在伦敦,邦德明白这是一起"自杀",但在最后一天对此案写报告时,在最后一页上面,他同样用了"溺亡"来进行总结。写完后,他就关上了一沓厚厚的文件。

这个事件的前因后果来自卡休萨克医生的笔记,当时他解剖了尸体,写下了相关记录。只有在这个记录中,才能了解到这位曾经的秘密警察的悲惨结局。

生死时刻

在著名的比利兹世纪打靶场里,詹姆斯·邦德伏卧在五百码的射击线上。他旁边的草地上有一块白色的木桩,上面标着44,而远处的靶子约有六平方英尺,晚夏的黄昏里,一眼望去,跟一张邮票差不了多少。但是,邦德从他来复枪上的红外线瞄准镜看过去,却能把整张靶子看得异常清楚,甚至连靶子上浅蓝色和淡棕色的线条也能够清晰地进行区分。上面的靶心大概有六英寸,呈半圆形,就像是夜空中挂在乔伯姆山顶上的半轮月亮。

詹姆斯·邦德开了一枪,打在靶心的左侧,成绩不是特别理想。他看了看黄蓝色的风向旗,正从东往西猛烈地摆动。他知道,风比半小时前刮得更大了,于是把风力计向右拨了两格,再端起枪。红外线瞄准镜上的十字线对准了靶心,他让自己镇静下来,将手指扣住扳机,深深吸了一口气,非常温柔地又打了一发。

清脆的枪声在空旷的靶场里回荡,靶子倒了下去,却立刻在原地再次竖了起来。是的,这次打中的地方在靶心的右下角,而不是底部的左边。

"太棒了!"靶场管理员的声音在身后响起,"稳住,再来!"

靶子准备就绪,邦德将面部贴近木质枪托,眼睛透过瞄准镜,死死盯住靶心。他把手松开,放到裤脚边擦了擦,又把手指搭在扳机上。他挪了挪腿,差不多一英寸宽。现在,他要准备连发五颗子弹。真是太有意思了,这把枪被做了改装,能让射击手感觉自己可以轻易地射中一英里外的人。这支在国际上闻名的口径0.308的来复枪,由温切斯特制造,美国的射手们用它在国际锦标赛上发挥出了最高水平。跟其他武器相比,这支枪的枪托后部没什么不一样,都是可弯折的铝制把手,把它打开后,就可以顶在腋下进行固定。在下面还有一个齿轮,通过对它的调节,能让枪稳稳地固定在木支架上。军械员已经往来福枪里安上了五发子弹,邦德认为,如果他连续射击的时间能够小于两秒,那么,在五百码的地方射击,这五发子弹就都不会脱靶。尤其是在执行任务的时候,他必须要这样做,因为只有这样,即便第一枪没射中,连发的子弹也能弥补先前的损失。不管怎么说,M局长曾说过,这次需要的射程不会超过三百码。那么在连续的开火中,能将射击的时间间隔缩短成一秒吗?

"准备好了吗?"

"是的。"

"现在我开始倒数。预备! 五,四,三,二,一,开火!"

邦德异常冷静地扣动扳机,五发子弹划破空气,飞速地消失在黄昏里。靶子倒了下去,但是很快又竖了起来。上面有四个白色的小圆点,挨得非常近,但是没有第五个——里里外外,甚至连一个小黑点也看不见。

"最后一枪打得太低了。"靶场官取下他的夜视镜说,"谢谢你的贡献,每年到了年底,我们可以从沙地里,刨出不少于十五吨的铅皮和铜屑,倒是可以卖个好价钱。"

邦德站起身来,孟席斯下士从射击俱乐部的看台朝他走来。在他面前,拆开了来福枪和支架,抬头看了看他,然后带着一种严苛的声音说道:"你刚才打得太快了,先生。到最后一发时,枪身已经在上下跳动了。"

"我知道,下士。我只是想看看我射击的速度到底有多快,并不是故意跟那武器过不去的。麻烦告诉军械师,武器非常不错。现在我得离开了,你今天要回伦敦,对吗?"

"是的,晚安,先生。"

靶场官把邦德的射击纪录交给他——一百码到五百码的距离下,有两枪射中了十环。"这样雾气蒙蒙的能见度,能射到这样真是太棒了。你该去争夺明年的女王奖杯,下一次大不列颠所有国家的选手都可以争夺。"

"谢谢,问题是我常常不在英国。感谢你为我提供了这样的场所。"邦德看了一眼远处的钟楼。这个时候,靶场的红色警戒旗和信号鼓都已经放了下来,表示射击已经结束。时钟指向了九点十五分。"我原本想请你喝一杯,但是我在伦敦有个约会,等到女王奖的时候,我们一定要喝上几杯,怎么样?"

靶场官含糊地点点头,他往前看看,想了解关于这个人更多的消息。令他吃惊的是,就为了让这个人练习练习,国防部竟然三番五次地打电话。而且,靶场由于时间原因都已经关闭了,能见度也很差,他的命中率竟然在90%以上。靶场官还想不明白,为什么国防部必须命令由自己亲自陪练?而且,为什么替这个人在五百码以外准备的靶子,是六英寸而不是普通的十五英寸呢?就为了他,还要动用只有大型活动时才用得到的警戒线和信号鼓?是为了施加压力?还是要营造紧急情况的气氛?邦德,司令官詹姆斯·邦德,全国步枪协会的会员,射击技术这样了得,他得给协会打个电话问问。现在这个时间,比较有意思,看起来邦德是在伦敦有个约会,对方肯定是位姑娘。靶场官想到这里,脸上浮起了一丝不屑,真想看看这家伙喜欢什么样的女人。

两人径直穿过靶场后面的划船俱乐部,来到邦德的车前。一辆兰西尔著名的"跑鹿"汽车,车身上满满都是子弹划过的痕迹。

"漂亮的大家伙。"靶场官赞叹,"欧洲大陆上可没见到过,特别定制吗?"

"是的,这是第四代。只有两个座位,还有一个该死的小行李箱。我让人把座位改宽了些,行李箱也加大了。恐怕这是一辆比较自私的车。好吧,晚安,再次感谢你。"邦德说完,便发动了汽车,带起了碎石和尘土,扬长而去。

靶场官看着汽车亮着红色的灯光,渐渐消失在去往伦敦公路的金斯大道上。然后转身去找孟席斯下士,想跟他打听一下关于邦德的消息。孟席斯下士正在搬一口大箱子,想搬上没有军方标记的黄色路虎车。靶场官是个少校,他自以为官衔比下士高,可以套出东西,可对方似乎并不买账,直接跟在邦德的后面走了。靶场官只好闷闷不乐地回到办公室,翻阅着全国步枪协会的资料,想从中找到关于"J. 邦德"的目录条。

詹姆斯·邦德约会的对象并非是个姑娘,而是一架英国欧洲航空公司的飞机,飞往汉诺威和柏林。他全速赶往伦敦机场,想着还能有点儿时间去喝上两杯。他一边想着美酒的滋味,一边回想着下午接受任务时的情景。他非常清楚,未来三天都会待在柏林,到了晚上,他就要去跟那个人约会,而约会的目的便是要开枪打死他。

那天下午,大概两点半,詹姆斯·邦德轻手轻脚地穿过了两道门,坐到一张堆满了文件的办公桌前,看着对面愁眉不展的人。没有欢迎词,M局长把头缩在硬挺挺的衣领里,就像丘吉尔沉思时的忧郁模样,他的嘴上,泛起了一丝苦涩。他把椅子转过来,面向邦德,深深地看着他,看他的领带打得是否端正,头发是否整洁发亮。然后他开口说话了,语速特别快,特别简洁,巴不得一口气把前因后果说清楚。邦德的直觉意识到,肯定是件麻烦事。

"272号,他是个很不错的人。你还没有见过他,简单的原因是大战一开始,他就一直潜伏在诺瓦亚的新地岛。现在,他试图逃离,带着关于原子弹和火箭的材料,以及1961年整个的全新核试验系列的计划。苏联人当然是想以此对西方施加压力,特别是对柏林。具体情况还不是特别清楚,但是外交部直言,如果情况属实,它将使日内瓦协议的内容无效,是非常恐怖的事件。这个人现在已经到了柏林,他的到来将证实东欧集团提及的在核武器上面裁减军备没什么意义。272号具体的位置是在东柏林,目前已经被苏联国家安全委员会和东德的秘密警察给盯上了。但是,他给我们传来了这样的讯息:从明天开始未来的三天,每天下午的六至七点,由他来指定接头地点。问题是——"M局长咬了咬下嘴唇,"现在他遇上麻烦了,跟他接头的人竟然是个双重间谍,他向苏联打了报告。很幸运,我们破译了他们的一份电码,还把这个人丢到了监狱,可是没什么更大的帮助。苏联国家安全委员会已经知道272号做好了逃离的准备,时间、地点,跟我们一样,他们全都知道。现在,我们破译的电码虽说只是二十四小时的即时电码,但是我们已经掌握全天计划,已经足够了。他们打算趁他逃离的时刻射杀他,就在东西柏林的交叉口。这次行动,他们称之为'欲焰'。为了它,甚至派了最好的狙击手,代号'扳机'。很遗憾,我们对这个人一无所知。但是,根据西柏林站点的猜测,这个狙击手以前是执行过暗杀任务的。这几天晚上,他都会来到穿越线旁,瞅准时机,干掉272号。当然,他们如果选择明目张胆地解决,事情肯定好办多了。但是现在,东柏林的局势很稳定,他们一定不会这样做。"说着,M局长耸耸肩,"他们对'扳机'非常信任,所以选了这个办法。"

"那我来这里干什么,先生?"虽然邦德已经猜到了答案,也明白M局长为什么对整件事表现出厌恶的情绪,因为这是一件上不得台面的工作。而邦德属于代号00的机构,要他执行这种任务理所应当。但是他还是想强迫M局长把整件事情的来龙去脉完完整整地讲出来。这是一个肮脏的消息,他压根儿不想从自己的长官,尤其是最高长官的口中听到,毕竟,这是一场谋杀!好吧,就让M

局长自己亲口说出来吧。

"你到这里来干什么,007?"M局长隔着办公桌,一脸冷酷,"你很清楚要干什么,你要去杀掉那个狙击手!还得赶在他干掉272之前,就这样,懂了吗?"一双清澈的蓝眼睛又冷又冰,邦德知道M局长在努力保持这样的神态。每当被迫做某件事的时候,他总是一副这样的神情——残忍、冷酷的命令姿态。邦德知道为什么,因为他想减轻下属作为谋杀者感受到的压力和罪恶感。

所以,此时此刻的邦德,既然已经想明白,他决定以轻松的姿态面对对方。他站起来说:"好吧,先生。我最好先去练习一下,可不能失败。"

M局长回应:"抱歉,派你去执行这种肮脏的任务,我也是迫不得已。不过,既然要干,就干出色!"

"我当然竭尽所能。先生。"邦德不喜欢这项任务,但是他要对局长布置的任务负责任,还要对他的理解表示感谢。

首席参谋处在阴影里,对此表示出了同情:"很抱歉让你执行这个任务,詹姆斯,"他说道,"但是坦克里明确表示,他找不到任何合适的人去执行。你知道,这个任务不可能交给一个常备兵去完成。驻联邦德国莱茵军队倒是有不少神枪手,可是射击一个活靶子更需要高度协调的神经。不管怎么说,我已经通知比利兹靶场,让他们在晚上八点十五分关靶场前,给你安排练习。能见度上面,肯定跟柏林有差别,毕竟晚了将近一个小时。军械员已经给你准备好了枪支,他会派人将枪送过去的。练完之后,你就乘坐午夜的英国欧洲航空公司的航班去柏林,然后打出租车去这个地址。"说着,他递给邦德一张小纸片,"上四楼,你会看见坦克里手下的2号在那里等着你。未来的三天,恐怕你就得在那里度过了。"

"枪怎么办?难道我要装在高尔夫杆的球包里,提着通过德国的海关吗?"

M局长并没有被逗乐。"枪会装在外交专用邮包里送过去,明天中午你就拿到手了。"然后,他按了一下信号键,"好吧,你快赶过去吧。我马上联系坦克里,让他把一切准备好。"

邦德看了看小车里暗蓝色仪表盘上的时间,十点一刻。如果幸运,明天这个时候一切就结束了。毕竟,这次的任务是拿"扳机"的命换272的命,并不是一次纯粹的谋杀。想到这里,邦德的脑袋有点乱,他忍不住朝前面一辆家用小车不停地按喇叭,又狂踩刹车,最后,猛地调整方向盘,向着远处闪着灯光的伦敦机场驶去。

科赫街与威廉街交界的十字路口处,有一幢十分丑陋的六层建筑,这是唯一矗立在轰炸区域的楼房。邦德给出租车付了车费后,往四周看了看,这里有齐腰深的杂草,一直延伸到十字路口的破破烂烂的围墙处,旁边有一盏淡黄色的弧形灯。他埋下头,走进老式的电梯,正准备按下四楼的按钮时,听到电梯门突然打开的声音,他刚走进去,门又自己关上了。电梯间混杂着各种难闻的味道,卷心菜、廉价的雪茄烟以及汗臭味,让他不由得想起在德国和欧洲其他国家的公寓。老式电梯上升得非常缓慢,还发出吱吱呀呀的声音。邦德心里有点难过,他觉得自己就像是M局长手里的一颗子弹,不管是任何地方,哪里需要,他就得立刻射向哪里。即便这一次任务,身边都是自己人,一来就见到的这楼房的环境,竟是如此糟糕。

西柏林情报站的2号是一个上尉，紧绷着脸，约莫40岁。他穿着一套中规中矩的西服，上面是墨绿色的人字花，里面一件柔软的白色丝质衬衣，打着非常老土的领带。这个人站在公寓狭小陈旧的客厅中，朝邦德点点头，就算是打了招呼了。一见他这样，邦德原本就不太高兴的情绪更加低落，他对这种人很熟悉，他属于城市服务工作的支柱。少年学习时努力用功，说不定考上了牛津大学，可能是哲学、政治学、经济学，还得到很高的分数。战争中，他心思细腻，能够完成很好的谍报工作，或许，还是一个荣获了英帝国勋章的军官。后来，战争结束后，他进入了德国联合军事管制委员会，再后来，由于是一个很好的参谋人员，对安全部的工作也非常熟悉，再加上本身喜欢收集生活、戏剧以及浪漫的小说素材，便进入了秘密情报局工作。这次的任务，需要一个谨慎、仔细的人做帮手，保罗·森德尔，这个晚期的威尔士卫兵就显然是非常明智的人选。此刻，面前的这个人，神态像极了一个英国公立学校的老师，他小心地交流着，没有显示出对该任务半分不满的情绪，跟着，把房间的陈设以及如何更好地完成任务的安排，一一交代清楚。

这个房子有一个很大的带着两张床的卧室、一个浴室和一个厨房。厨房里还有一些罐头食物、牛奶、黄油、鸡蛋、面包以及一瓶普勒·海格牌威士忌。卧室里的陈设有些奇怪，其中一张床隔在窗帘之后，与窗户形成直角。床上铺着三层厚厚的床垫，盖着床单。

森德尔上尉说："麻烦仔细看看射击点，然后我再来解释一下另一边的地形。"

邦德已经很疲倦了，他一点儿都不想在睡觉之前，满脑子都是激战的画面,不过他还是点头答应:"好的。"

森德尔上尉关上灯。十字路口的灯光从窗帘的缝隙里透了进来。"别打开窗帘。"森德尔上尉说,"或许吧,他们正在搜索 272 的藏身之处。你最好躺在床上,把头藏在窗帘下面,向外观察的时候,我给你进行简要说明。现在先往左边看。"

这个窗户分成两截。下半部分是开着的。床垫的设计让詹姆斯·邦德趴上去的时候,只下陷了一点点,他觉得自己就像是趴在靶场的射击位置上。但是此刻,他看见杂草丛生的地面,上面由于弹药的打击变得坑坑洼洼。还有稍远一点的齐默尔明亮的河水,那里正好是东柏林的交界,看起来大概有一百五十码远,森德尔上尉的声音从他下面传上来,非常低沉。

"你面前是被轰炸过的地面,前面就是交界,有一百三十码,再前面的街道处是一块更大的、炸得更厉害的荒地,那里是敌方的地盘。这就是 272 选择这条路线的原因。在这个小镇上,只有几处显得很糟糕,这里就是其中之一,到处是杂草和坍塌的城墙,还有很多地窖。两边都是这样。到时候,272 需要偷偷通过那边的废墟,穿过齐默尔大街,到达我们这边。问题是,他必须要通过灯火通明的边界地段,最危险的地方就是那里,足足有三十码,对吧?"

邦德轻轻回答:"是的。"面前的敌情使他必须保持高度的专注力,神经已经紧张起来。

"在你左边,是一幢新的十层大楼,这是东柏林的部长会议楼,也是首脑的所在。你可以看见绝大部分的窗户都亮着灯,甚至会亮上整个夜晚。这些家伙工作非常卖力,会二十四小时不停歇地换班。对于亮着的窗户,你大可不必担心,'扳机'那家伙一定会躲在漆黑的窗户后边开火。十字路口那边,你可以看见黑暗的角落里有四个人,他们从昨晚开始一直待在那里,那可是最佳的射击点。从这儿算起,他们的射程差不多是三百到三百一十码的距离。这四个人都是自己人,有什么需要随时可以吩咐。其他的你都没必要担心,那条街到晚上空无一人,但是每隔半小时,机械化巡逻队会巡逻一次,装备是两辆摩托车护卫着一辆装甲车,昨晚就是这样。六点到七点之间会进行一次巡逻,这个时间段,会议楼的那扇门里会有几个公务员进进出出。这之前,人还是比较多的,毕竟这幢办公大楼非常忙碌,每天还有女子管弦乐队演出,那个时候人来如潮,喧闹无比。是的,文化部也设在这幢大楼里。情况差不多就是这样,我们没人认识苏联国家安全委员会的这个狙击手,暂时也没能发现做这件事的任何迹象。但是,不会这么简单的,他们都是小心翼翼的家伙,不管怎么说,还是得仔细一点才可以。现在,你肯定有了一个大致的印象了。"

邦德确实已经大概了解了。只是他临睡的时候,脑海里关于森德尔介绍的画面久久不能散去。森德尔不一会就轻轻地打起了有节奏的呼噜,邦德更加辗转,难以入眠。

是他脑海里开始闪现一幅画面:那一边,河边的灯光明亮,一个隐隐约约的人影从废墟里钻了出来,他停顿了一下,突然,没命地狂奔起来。枪声骤然响起,他要么在宽敞的街道中间被一枪毙命,要么穿过大路,或者冲进西部防区的杂草之中。这简直就是一场生与死的奔跑啊! 是真正的严酷考验! 邦德需要花多少时间,才能发现

The diamond smugglers

隐藏在黑暗窗户之下的苏联狙击手呢？还得杀了他！五秒？十秒？当黎明的光线穿过窗帘，邦德的脑袋嗡嗡炸响，他轻轻走进浴室，从成排的药品架子上取出司可巴比妥钠，拿出两片红蓝色的药丸，就着一杯水喝了下去。随后回到床上，沉沉地睡了过去。

他醒来的时候已经是中午了，房间空无一人。邦德拉开窗帘，让惨白的阳光照了进来。他尽量站得离窗户远一些，观察下面柏林的情况。他听到电车的嘈杂声和远处去动物园的巴士在转弯的地方发出的尖啸声。他迅速地扫了一眼，看看情况是不是和昨晚一样。他注意到杂草还在废墟中间，跟伦敦的没有太大区别，都是些剪秋萝、柳兰和欧洲蕨。然后，他走进厨房。

长面包条下面压着一张便条："我的朋友说你可以出去，但是得在下午五点回来。你的东西已经到了，勤务兵说下午交给你。保罗·森德尔。"邦德明白，"我的朋友"这是情报局惯用的委婉说法，指的当然是森德尔上尉。而"东西"，自然是来复枪。

邦德打开煤气，脸上挂着嘲讽的神情，把那张纸条烧掉了。然后他给自己炒了鸡蛋，还弄了烟熏肉。把它们夹在涂抹了黄油的吐司上，边吃边喝着无糖咖啡，吃完了，又喝了一杯威士忌。跟着洗了澡，刮了刮胡子，穿上一件土黄色的、毫无特色的中欧样式的衣服，他看了看乱糟糟的床，觉得有点烦，转身乘坐电梯，出了公寓楼。

邦德一直觉得柏林是一座阴郁的、充满了敌意的城市。他走向库菲斯腾丹大街，坐在马夸特咖啡馆里，一边喝着蒸馏咖啡，一边看着来来往往的行人，这些人正在等待红绿灯。街道上的汽车闪着灯，一辆辆穿过拥挤的十字路口。此刻，天气很冷，来自苏联的冷风掀着姑娘们的裙子。街上来来往往的都是匆匆的行人,他们每个人都夹着公文包,脸上的神情显得非常焦躁。咖啡馆里墙上的红外线取暖器闪烁着红光,客人的脸上也被映得红红的。生活在这里的人,传统的消费方式是"一杯咖啡,十杯水"。他们读着木质书架上的免费报纸和杂志,或者弓着腰,处理他们的商业文件。邦德并不想思考晚上的事情,甚至连这个下午怎么度过他也不知道。不过,在他面前总归出现了两个选择:一是去参观克劳斯威茨大街上著名的褐色石头房,由于门卫和出租车司机都知道,所以他很容易到那里。另外,他还可以去万隆,到格林瓦尔德散散步。邦德心中已有主意,便付了咖啡钱,来到寒冷的街中,叫了一辆出租车去动物园。

湖泊的两岸栽种了美丽的小树,由于初秋时节的来临,绿色的树叶开始变黄。邦德沿着落满树叶的小岛走了两个小时,选了一家湖面上的玻璃房水上餐厅,欣赏着眼前美丽的景色,吃着点来的菜肴。菜肴包括一道柏林的正式茶点、双份涂有奶油和洋葱圈的鲱鱼、两杯啤酒加威士忌以及两杯杜松子酒。在感到满足后,他乘坐高速火车回了城里。

公寓楼外面停着一辆黑色的欧宝汽车,一个年轻人正埋头笨手笨脚地修理引擎。邦德紧挨着他身边走过,一直走进大楼按电梯按钮,他也没抬头看一眼。

森德尔上尉说他是"朋友",来自西柏林运输部的一位下士。他修理欧宝汽车的引擎当然是个幌子。森德尔命令他,夜里六点到七点,一旦森德尔用对讲机发出信号,他就必须制造一连串发动机轰鸣声,好淹没邦德的枪响。因为如果不这样做,说不定会引来麻烦。他们的藏身之处是美国防区,美国的"朋友"已经对他们这次的行动给予了莫大的支持,但也希望他们干净利索,不留半点痕迹。

邦德发现,除了汽车,自己的客厅也发生了一些变化。高高的床头上,有一个木头和金属的支架,靠着宽大的窗台,上面放着那只温切斯特的来复枪。枪口已经被窗帘遮上了,而枪声和金属部件全部漆成了黑色。床上放着一个黑色的天鹅绒枪罩,枪罩上还有一个配套的面罩,眼睛和嘴巴的地方都有开口。这让邦德想起了西班牙宗教法庭和法国大革命时期站在断头台上的刽子手。森德尔上尉的床上有一个同样的面罩,旁边的窗台上有一副夜视望远镜和对讲机。

森德尔脸上浮现出一丝紧张和担忧的神色,说站点没有任何消息传来,情况如先前一样没有进展。然后,他又问邦德,要不要吃点什么?喝杯茶?或者来点镇静剂?浴室里的药品种类还够吗?

邦德显得愉悦轻松,说着谢谢,并简单聊了聊自己这一天轻松的行程。但是,他靠近太阳穴的动脉在嘭嘭跳动,体内紧张的情绪犹如拧紧了发条的钟表,随时可能爆发。最后,邦德干脆不再说话,躺在床上看起了一本外出时随手买的德国惊险小说。而森德尔上尉,尽管他是个无比谨慎的人,此刻也忍不住在房间里烦躁地踱来踱去,时不时看看表,还一支接一支地抽着过滤嘴香烟。

邦德手里阅读的书,封面上是一个被绑在床上的半裸姑娘,书名叫《腐败,屈辱与背叛》,讲述了这位姑娘是如何从恶劣的环境当中逃离出来,最后成了一个幸福快乐的人。具体而言,描写了一个女人受尽磨难,还遭遇了践踏和欺骗,但她非常坚强,从苦难中站了起来,战胜了苦难。邦德一时沉浸在这位玛茨班切尔伯爵夫人的故事情节里,但是突然之间,听到森德尔上校说已经五点半了,人家各就各位,心里不由得十分冒火。

邦德脱掉外衣,解下领带,往嘴里塞了两颗口香糖,把面罩罩在头上。森德尔上尉关了灯,邦德卧到床上,眼睛盯着红外线瞄准镜,轻轻地把窗帘的下角拉起来,搭过自己的肩膀。

黄昏来临,光线暗了下来。尽管眼前的景色已经深深印在了他的记忆中:面前是一片杂草丛生的荒地,前面的路边是一条波光粼粼的河,再远一点,又是一块荒地。左边,是丑陋的部长会议大楼,有的窗户灯火明亮,有的却一片漆黑。邦德仔细地观察着,随着瞄准镜慢慢地移动来复枪。此时除了一些前去办事的人三三两两地进出威廉街的办公大楼,街上的行人已经很少了。邦德看了看那四扇漆黑的窗户,和昨晚一样没有任何动静。他同森德尔上尉的意见一样,这可能是敌人的据点。窗帘是黑色的,上下而分的窗户,下面的部分已被开启,窗户像一张大嘴张着,里面毫无动静。邦德即使用红外线瞄准镜,也丝毫看不清房里的情形。这时,窗户下面的街道上传来一阵喧器,女子管弦队的二十个姑娘正往办公楼的入口走去,她们嬉笑打闹,高声阔谈。她们背着乐器,包括小提琴和风琴箱,装乐谱的小包,甚至还有四个人抬着鼓。整条队伍真像是一只阳光快乐的小鳄鱼。看到这一幕,邦德心想:在这苏联防区,竟然还能感觉到一点生活的乐趣。邦德转动瞄准镜,不由得停留在了一个扛大提琴盒的姑娘身上。他咀嚼的嘴慢慢停了下来,转着旋钮,把瞄准镜压低,想把这个姑娘清晰地映现在镜头中间。

The diamond smugglers

这个姑娘比其他人都要高,一头漂亮的金发一直垂到肩膀以下,在街口处,就像金子一样闪闪发光。她的脚步轻盈,有些匆匆,一路显得非常兴奋。提着的大提琴箱,仿佛比小提琴箱重了不少。她的衣衫随风翻飞,不管是连衣裙的边角,还是脚步,抑或是头发,她浑身上下充满了活力,欢乐和幸福都围绕着她。她边走边和两名同伴说着,逗得她们哈哈大笑。当她转入了入口,漂亮的白皙脸庞也随之消失,她走了。邦德涌起一股失望的情绪。真奇怪!太奇怪了!这还是年轻时的感觉,这是一个单身的姑娘,他只是远远地看了看她,就让自己充满了强烈的渴望,这是异性之间的相互吸引!邦德看了看自己的夜光表,五点五十分,只有十分钟了,大门口已没有车辆,闹哄哄的黑色家用小轿车也没有了。他克制自己的念想,尽量不去思念她,振作起来,该死的!快回到你的工作上来!

管弦队的声音从办公楼里传了出来,弦乐器和钢琴在调音,木乐器音色尖啸。停了一会儿后,齐声合奏的音乐响了起来,邦德听出这是一段熟悉的旋律,是某首交响乐的前奏。

"《伊戈尔王子》的《波罗夫契亚圆舞曲》。"森德尔上尉简短地说,"不管怎么样,六点钟就要到了。"突然,他紧急地叫出,"嘿!四扇窗户中右下方的那一扇有动静!快看!"

邦德吃了一惊,看了看瞄准镜。是的,黑洞确实有动静。此刻,从那里面伸出来一个黑色东西,是一件武器,正一点一点地移出来,那个角度把两边的荒地和默尔大街的狭长地带都包括了进去。武器不动了,房间里的人找到了满意的角度,仿佛同样固定在跟邦德一样的枪架子上。

"什么枪？型号？"森德尔上尉的声音带着急促的喘息声。

放松点，该死！邦德想，该紧张的明明是我！

邦德睁大眼睛，看清楚枪口上的消声器，还有望远镜瞄准器。是的，是它！百分之百地肯定！他们竟然动用了最厉害的武器！

"卡拉什尼科夫冲锋枪。"他简短地说道，"轻型自动枪，弹头有毒气，可连发三十颗7.62毫米子弹，是苏联国家安全委员会最喜爱的枪。看来他们打算破釜沉舟，进行一次毁灭性的暗杀。射程对他们而言非常有利，我们必须要抢在他们之前开枪，否则272只有死路一条。你必须死死盯着那边的瓦砾区，我的注意力只能集中在那扇窗户和枪上。'扳机'一旦开火就会暴露自己，所以其他的家伙很有可能在后面保护他，就在那四扇窗户后面。我们虽然预估了很多种类型的武器，但是万万没有想到，他们竟然会动用发出如此声响的大武器，其实应该预想得到的，毕竟在这样的光线下，要用单发式枪支击中迅速奔跑的人，根本不大可能。"

邦德调着旋钮，使红外线瞄准器上的镜片焦点进行重合，对准黑洞洞的地方，别管头部，直击心脏！

套在面罩下面的头开始出汗，邦德的眼窝接触到瞄准镜时竟然开始滑溜溜的，不要紧，只要不是手出汗就行。他动动手指，这里必须保持干燥。时间一分一秒地过去，他快速眨动自己的眼睛，免得疲劳。还稍微动动肢体，听听音乐，来让自己的头脑放松。

他想起刚才的姑娘，她有多大呢？二十出头。最多二十三。她神情泰然自若，步履轻盈，出身一定不错，或许来自古老的普鲁士家族，又或许是波兰甚至俄罗斯的家庭。为什么会选择大提琴呢？这种葫芦形的笨重乐器夹在她分开的大腿之间,实在不怎么好看。当然,现在改良后的大提琴看起来更优雅了,这个姑娘演奏起来,说不定别有一番味道呢。

这时他听到森德尔上尉的声音:"七点了,对面一点动静都没有。但是我们这边有点事情。邻近边境线有一个地下室,那是我们的一个接待点,站里两个小伙子已经过去了,我们最好待在这里直到他们停止活动为止。敌人一撤掉机枪,马上告诉我。"

"好的。"

七点半,苏联国家安全委员会的轻型机枪慢慢缩回房内。四扇窗户的下半部分也一个接一个地关上。今天晚上的对峙游戏结束了。272 没有出现,只好看明后两天晚上了。

邦德把窗帘从肩膀处取下来,罩住了温切斯特来复枪。他站起来,取下面罩,走进浴室舒舒服服洗了个澡,还刮了胡子。他倒了两大杯加冰块的威士忌,听着窗外传来优美动听的交响乐,直到八点才结束。森德尔给上级拟报告:"我认为,演奏的是伯罗丁《伊戈尔王子》的《17 号圆舞曲》。"当然,报告内容用的是暗语。

"真想再看上一眼啊,那个拉大提琴的姑娘,个子挺高的,金发碧眼。"邦德对森德尔说道。

"别把心思放在她身上。"森德尔没有情绪地回答,对她一点兴趣也没有,转而走向厨房喝茶去了。邦德没有理会,反而戴上面罩,回到射击点,把红外线瞄准镜对准了对面的办公大楼。是的,姑娘们出来了,或许是因为疲累了,不像先前那样嬉笑打闹。哦,她来了,她走过来了,没有先前那么活泼,但是仍然步履轻盈。邦德看着她金光闪闪的漂亮长发披在淡黄色的雨衣上,渐渐消失在威廉街的暮色之中。她住哪儿?是郊外油漆剥落的小房间,还是隐匿在斯大林区的一幢豪华公寓呢?

邦德把自己的思绪拉回来,说不定就在这儿,在附近。她结婚了吗?她有爱人吗?真见鬼!她又不是他的!

第二天傍晚发生的一切跟前一天都差不多。而邦德透过红外线瞄准镜,与那位姑娘又来了两次短暂的视觉约会。第三天,也就是最后一天终于来了,小房间的气氛变得越来越不一样。

邦德在第三天把自己的行程安排得满满当当的。他去了博物馆、艺术馆、动物园,还看了场电影。然而究竟看了些什么,他全然不知。他的脑海里全都是那位姑娘,以及四个黑色的长方形窗台,那里有黑色的枪管,以及隐藏在后面的人,这个人今晚一定要杀死。

五点钟的时候,邦德准时回到了公寓。他差点和森德尔上尉吵一架,因为傍晚时分,在戴上满是汗臭味的面罩之前,他给自己倒了杯烈性的威士忌。森德尔上尉竭力制止他,发现拿他毫无办法后,就威胁要打电话给长官,报告邦德违反纪律。

"瞧,我的朋友。"邦德不耐烦地说,"今天晚上搞刺杀的不是你,是我!所以你只管扮演好搭档的角色,好好配合不行吗?等到结束,你要报告坦克里,随便怎么样都可以。你认为难道我喜欢这份鬼差事?喜欢00的代号吗?要是因此让我从00机构滚蛋,我倒求之不得。我更愿意去报社当个普通编辑,知道吗?"邦德一口干下威士忌,拿起那本惊险小说,往床上一躺,看起了情节高潮的章节。

森德尔上尉闷不吭声,转身进了厨房。听起来,他调了一杯不带酒精的饮料。

邦德感到威士忌慢慢在胃里麻木自己的神经,在这短暂的片刻,他感到半分松弛。

六点零五分。森德尔在他的点位上突然兴奋地叫起来:"邦德,那边有人影在移动。现在他停住了,等等,不,他又开始移动了!他伏得很低,那儿有一段断墙,他就在对面,要过来了。但是杂草在他前头有好几码,上帝啊。他在穿越杂草区了,上帝保佑,但愿他们认为那是在风吹草动。现在他通过了,他要到荒地了。你那边有反应吗?"

"没有。"邦德紧张地说,"继续,现在离边境线还有多远?"

"他差不多只有五十码了。"森德尔上尉的声音由于兴奋变得尖声尖气,"路面坑坑洼洼,但是非常开阔,还有一道围墙,他必须要从那里翻过来。到那时,他们一定能发现他。现在,他又移动了十码,又是十码。已经可以清楚地看到他了,他的脸和手都是黑色的。准备!现在随时他都会进行最后的冲刺!"

邦德感到脸上和脖子上汗如雨下,手掌里也全都是汗。他赶忙拿出来在裤管旁边擦了擦,又把手指放在来复枪的扳机上。"对面房间的窗户里有动静,他们一定发现他了,让奥波尔快发动引擎。"

邦德听到对讲机里用暗语传话,接着,楼下街道上奥波尔发动了汽车的引擎,一连串噼里啪啦的巨响从楼下传了上来。

对面黑色窗户里的动静已经显而易见了,一只戴着黑色手套的胳膊伸出来握住了黑色的枪管。

"现在!"森德尔上尉叫出来,"现在!他已经跑到围墙了!他爬上墙了！要往下跳了！"

就在这时,透过红外线瞄准镜,邦德看到了"扳机"的头,那是一个漂亮的侧影,一头金色的长发洒落在卡拉什尼科夫冲锋枪的枪管上。原来是她！高个子的金发姑娘。邦德的手指扣着旋钮,一点点地转动枪口,当对面轻型机枪口喷出黄色的火焰时,邦德也扣动了扳机。

子弹射了出去,飞向三百一十码外的目标。他击中了对面的目标,打中了姑娘的手腕！瞬间的工夫,窗台上的枪震离了枪架,撞上了窗框,打了个滚,翻出了窗外。

"他过来了！"森德尔上尉大喊,"他过来了！他做到了！我的上帝,他做到了！"

"趴下！"邦德大叫,和他一道从床上翻滚在地。与此同时,对面一扇黑窗户里亮起了探照灯,如同一只巨大的眼睛,通过大街,直直向这幢楼和房间照了过来。一时间,枪声如雨,密密麻麻地射进了窗户。窗帘、家具被打得稀巴烂,连墙壁也变得满目疮痍。

除了枪声之外,邦德还听到街道上奥波尔汽车引擎的轰鸣声和对面女子管弦乐队的奏乐声。当然！这两种杂音都是伪装,交响乐同奥波尔的引擎声一样,肯定也是用来掩饰办公楼里开火的枪声,现在还包括"扳机"的尖叫声。难道每天的大提琴箱里装的都是她的武器吗？整个的管弦乐队都是苏联国家安全委员会的女间谍吗？其他的乐器箱里也都是武器吧？还有那个大鼓,应该就是探照灯。而真正的乐器,应该本身就在音乐厅里吧？真是颇费心机啊。

毫无疑问,那个姑娘就是"扳机"。透过红外线瞄准镜,邦德看到了一只大大的、挂满浓密睫毛的眼睛,他伤害到她了吗?他确实射中了她的左臂,再也没机会看见她了。唉,残酷的事实啊,谁让他们是彼此的死亡陷阱呢?或许是为了回报邦德的多情,一颗流弹打中了邦德温切斯特的来复枪,这支枪被废了,邦德的手也感觉到一阵炽烈的疼痛。邦德忍不住大声叫骂,突然,枪声停止,一切又恢复了平静。

森德尔上尉从他的床旁爬起来,拿着望远镜观望。他俩踩着地上的玻璃碴,穿过碎裂的门走进厨房。这个位置位于街道背面,如果不开灯是非常安全的。

"有受伤吗?"邦德问。

"没有。你还好吧?"森德尔上尉苍白的眼睛由于激烈的战斗变得熠熠发光,邦德却注意到其中带着一丝责备。

"还好,找个绷带缠一圈就没事了,不过是被子弹擦破了点儿皮肤。"说完,他进了浴室。当他出来的时候,森德尔上尉正拿着对讲机在客厅里,刚好正对着麦克风讲话:"一切顺利。272很安全。现在迅速调遣一部装甲车,让他安全离开这儿。007随后会写上一份报告。好的,结束。"

森德尔上尉转向邦德,带着一丝责备和内疚说道:"恐怕你要向站长书面解释为什么不杀掉那个家伙。我告诉他,在最后一秒我看到你改变了目标,让'扳机'有射击时间。272的运气实在是太好了,才没被击中。他开始冲刺的那个时候,身后是堵墙,连退路都没有,你为什么要那么做呢?"

邦德本来可以撒谎,他完全可以编造一个理由来解释,可是他没有这样做。一口气喝完了满满一杯的烈性威士忌后,他放下玻璃杯,眼睛直视森德尔上尉。

"'扳机'是个女人。"

"那又怎样?苏联养了一大堆女人,都是枪手。我一点儿都不觉得惊讶。在世界锦标赛上,苏联的女子射击队总是表现得最出色。在莫斯科的比赛上,她们把一、二、三名全部囊括怀中,甚至击败了七个国家。我到现在还能记得其中两个的名字——唐斯卡娅和洛莫娃,她们的枪击都非常精准,说不定其中之一就是'扳机'。她长什么样儿?说不定我还可以去找找她的资料。"

"她金发碧眼,就是管弦乐队中扛着大提琴箱的那个姑娘。估计枪就藏在大提琴箱中,整个管弦乐队就是用来掩饰这场射杀的。"

"哦!"森德尔上尉慢慢说,"我明白了,就是你看上的那个姑娘?"

"是的。"

"好吧,我很抱歉,但是我还是把这些写进我的报告里,上级的命令很明确,是要你杀掉'扳机'。"

楼下传来汽车刹车的声音,停在了某处。跟着,门铃响了两次。森德尔说:"好了,我们走吧。他们派了一辆装甲车来接我们离开这儿。"停顿了一下,眼睛越过邦德的肩头,避免对视,"报告的事很抱歉,但是我职责所在,你明白,你应该打死她,不管她是谁。"

邦德站了起来,他突然对这个满是弹孔和汗臭味的小房间依依不舍。这三天里,他长距离地思念着一位不知名的姑娘,可她竟然是一个陌生的敌人,干着和他一模一样的工作。多可怜啊!而现在,她还要面对比他还要糟糕的境况！她可能会因此被送上军事法庭,也有可能被苏联国家安全委员会赶出来。他耸耸肩,甚至,他们还可能会杀了她……不过,他又何尝不是?

邦德觉得很疲倦:"好吧,但愿我有好运气,不再继续干00代号的特工工作了。但是请你告诉长官,用不着为那位姑娘感到焦虑,因为她失去了左手,肯定没法再干狙击的工作了。在这傍晚时分,她一定也吓得够呛。照我的思路,这样的惩罚已经够了。好了,我们走。"

生死时刻

一位女士的财产

6月伊始,天气便炎热异常。詹姆斯·邦德正用他的灰色铅笔批注送到00处的文件,这支笔专门用来进行批注。放下后,他又脱了外套,但是觉得把外套搭在椅子的靠背上很麻烦,更不用说起身挂到外间办公室门后的挂钩上了,这些挂钩可是玛丽·古德奈特自己花钱装的,这该死的女人!所以,他只是将外套随手扔到地上,因为没有必要把外套保持得那么完美和整洁。目前,没什么显眼的工作需要完成了。整个世界都变得很平静,几个星期以来,里里外外的情报也很正常,一切按部就班。每天的绝密军事情报枯燥乏味,报纸也是无聊透顶——上面刊登着各式各样的国内外丑闻来博取读者的眼球,不管是绝密还是传闻,只要刊登这类消息,总能卖到好价钱。

邦德讨厌这样无聊的日子。他正翻阅着科学研究站送来的文集,眼睛和头脑却难以集中。里面讲的是苏联人如何利用氰气进行暗杀,采用的方式是灌入小孩子的游戏水枪,往人脸上一喷,就可以杀人于无形。这种方式适用于射杀 25 周岁以上的成年人,尤其是当他们爬楼梯或者弯腰时最奏效,而且毒药能够不留任何痕迹,尸检结果通常表明死于心脏病。

房间里红色电话的铃声突然响了起来,非常刺耳,把邦德吓了一大跳。他下意识指挥自己的右手伸进左腋窝,进行自我防卫。但是等他反应过来后,嘴角往下无奈地撇了撇。电话铃第二次响起的时候,他接了起来。

"先生?"

"先生。"

他从椅子上站起来,捡起外套,边穿边打起精神。他刚才一直在迷迷糊糊地打盹,现在却要去桥上了。当他路过外间的办公室时,扫了一眼玛丽·古德奈特的漂亮颈背,真想过去摸一摸啊,好歹忍住了。

他告诉玛丽,电话是 M 局长打来的。接着,走到了外面铺地毯的走廊,沿着走廊,他听到了旁边通讯办公室传出的吱吱吱的声音,坐上了电梯到了八楼。

莫妮潘妮小姐面色平静,应该没什么大事发生。一般情况下,如果她得到什么消息,脸上的表情要不就是极其兴奋,要不就是充满好奇。特别是邦德有麻烦,她的表情肯定是充满鼓励或者怒气冲冲。现在,她只是笑着打了个招呼,非常正常。邦德猜测多半是一件单调枯燥的例行工作。想到这儿,他调整了一下步调,走进了那间深不可测的办公室。

房间里有一位陌生的来访者,他坐在 M 局长的左边。M 局长见邦德进来,飞快地扫了一眼。他同以往一样,坐在红皮桌面的办公桌前。他开始生硬地介绍:"范肖博士,你还没见过我们情报部门的邦德中校吧?"

邦德对这种委婉的说法早见怪不怪。

他站起来伸出手握了握,范肖博士也跟着站起来,随便握了一下邦德的手,便迅速收了回去,仿佛碰到的是毒蜥蜴的爪子。

范肖博士看着邦德,充满探究地观察他,仿佛邦德是他手中的解剖动物。邦德认为,这位博士的眼睛一定装上了千分之一秒的快门,所以他必定是某个领域的专家,他将专注力放在了事实、理论及感兴趣的事情上面,对人却没那么在意。邦德希望 M 局长叫他来,是简短地给他下达一项任务,而不是在这儿让他像个玩具一样被别人审视。但是,当邦德回忆起十分钟以前,他待在自己的办公室里是多么的无所事事,再站在 M 局长的立场想想,就体会到在这 6 月流火的日子里,他同样也是无聊透顶。所以,一旦工作的压力消失殆尽,他自己就会在工作中制造些特别的效果,从而放松放松,让自己别那么无聊。

陌生人正值中年,面色红润,身体健康。穿着最新式的爱德华款式,很是讲究。深蓝色的外套袖口翻卷,上面有四颗纽扣,衬衣领里有一条丝织围巾,上面别了一枚珍珠胸针。衣领非常整洁,袖口上缝着似古币的链扣,还有一条黑色的丝带连着夹鼻眼镜。邦德觉得这个人像是什么文学家、批评家、单身汉,还或许是个同性恋。

M局长介绍："范肖博士是鉴赏古代珠宝的专家,这方面,他非常权威。同时,他是英国海关和刑事侦缉处的秘密顾问。事实上,情报五处的朋友把他介绍给了我,帮助我们处理关于弗罗伊登施泰因小姐的一些事情。"

邦德的眉毛皱了起来。玛利亚·弗罗伊登施泰因同时为英国秘密情报局和苏联国家安全委员会服务。她虽然是通讯处的干事,却在专门为她改建的密室里工作,这所密室密不透风,无人可传递消息。而她的任务也很特定,专门处理紫色密码,这种密码也专为她设计,破译之后,每天分六次传给美国华盛顿的中央情报局。00机构负责提供这些密文,也控制双重间谍。这些情报真假参半,有些甚至是一眼就能看穿的谎言。玛利亚·弗罗伊登施泰因刚进入英国秘密情报局,苏联间谍的身份就被揭穿。苏联派她来是为了窃取紫色密码的译本,好获取情报,甚至是高度机密。因此,当她获得机密后,便将情报发回苏联。她的工作高度机密,必须万分谨慎和小心,三年来,没出现过一丝差错,但是如果玛利亚·弗罗伊登施泰因继续待在总部,无疑也是高度危险。好在她个人的魅力还不够大,没能成功勾引高层管理者,否则真是危险至极。

M局长转向范肖博士："博士,你可以把整件事情向邦德中校讲一讲。"

"当然,当然。"范肖博士瞟了一眼邦德,又注视回自己的靴子,"你瞧,是这样的。呃,中校,你或许听说过一个叫法贝热的人,他是著名的俄国珠宝商。"

"在俄国大革命之前,他好像给沙皇和皇后做过精美绝伦的复活节金蛋。"

"是的,那是他特制珠宝中的一件。他制作了非常多的珍品,在当今的交易所里,他的作品能够交易到 5 万英镑以上。最近,有一件特别夺人眼球的珍宝出现了,它被称为'翡翠球'。迄今为止,这件巧夺天工的艺术品只是在他的手稿中出现过。但是最近,这件珍品从巴黎寄过来,邮寄的挂号邮包,收件人正是你所认识的女人,玛利亚·弗罗伊登施泰因小姐。"

"真是迷人的小礼物。我能问问你是怎么知道的吗,博士?"

"正如刚才局长告诉你的,我是英国海关和税务部古玩珍品的顾问。这个邮包报价 10 万英镑,太不正常了。得到内政部的同意后,暗地里打开了这个包裹,然后我被叫去检验它并估价。根据肯尼思·斯诺曼先生研究法贝热的权威著作,里面有对这个珠宝的描述,我立刻认出这就是那颗翡翠球。我敢说,按照它的价值,报价 10 万英镑非常低。但是我还发现一个更有意思的事,就是包裹里还有一份用俄语和法语写成的文件,以此来证明这件无价之宝。"范肖博士把放在 M 局长面前的复印件指了指,看上去倒像是一份简明扼要的家谱。"这是我复印的,里面简单记录了宝物的流转过程:1917 年,玛利亚·弗罗伊登施泰因小姐的祖父为了将手中的卢布变成可携带物,从法贝热的手里买到了这颗翡翠球。1918 年弗罗伊登施泰因小姐的祖父死后,翡翠球传给了他的兄弟。1950 年又传给了弗罗伊登施泰因小姐的母亲。看起来,她母亲在孩童时代就离开了俄国,在巴黎的白俄移民堆里生活。她没有结过婚,但是生下了弗罗伊登施泰因小姐这个私生女。去年死了之后,尽管文件上没有签名,但是她曾托了朋友或律师,把翡翠球留给了弗罗伊登施泰因小姐。我没有理由去询问她,尽管我对此无比感兴趣。但是上个月,索斯比拍卖行即将拍卖这件珍宝,他们宣称:'一个星期后会拍卖一件女士的财产。'我代表大英博物馆和其他一些感兴趣的团体,同这位女士见了面,并进行了详细的询问。她非常理性地证实了文件上的内容,实在让我难以置信。随后,我又知道了她在国防部工作,头脑里更是充满了疑惑。这实在太匪夷所思了,她只是一个资历平平的书记员,却从事非常敏感的机要工作,还突然得到一个价值高于 10 万英镑的礼物,还是从国外邮过来的。我向情报五处的高级官员报告了这个情况,他马上向我推荐了贵部。"范肖博士双手一摊,又把邦德瞟一眼,"就是这样,中校,我把知道的已经全都告诉你了。"

M 局长插话:"谢谢你,博士。不过我还有一两个问题要问,应该不会占用你太多时间。你查验过那颗翡翠球,确定是真的吗?"

范肖博士的视线从靴子上离开,他抬起头来,看向 M 局长左边肩头的一点:"当然,沃茨基拍卖行的斯诺曼先生是世界上研究法贝热的资深专家和交易商,毫无疑问,它肯定是那件遗失的作品,草图是唯一的记录,已经说明了一切。"

"出处呢? 专家们的综合意见怎么样?"

"都持肯定意见。法贝热最棒的作品几乎全是私下出售。弗罗伊登施泰因小姐说她的曾祖父在法国大革命前是个十分富有的陶瓷制造商,法贝热的作品 99% 都流落国外,只有寥寥几件保存在克里姆林宫,被笼统地描述为'十月革命前的俄国珠宝样品'。苏联官方的观点是,它们是资产阶级的摆设,根本瞧不上这些东西,就像他们对法国印象派画作不屑一顾一样。"

"也就是说苏联一直保存着法贝热的一些作品。很有可能这么多年来,克里姆林宫都保存着这颗翡翠球,并将它收藏在秘密之地,对吗?"

"当然。克里姆林宫的财富大得惊人,根本不会有人知道他们究竟藏了些什么。最近,他们倒是拿出了一些愿意给人展示的东西。"

M局长叼着烟斗,目光穿过袅袅而升的烟雾,直视范肖博士:"所以,理论上,有人把翡翠球从克里姆林宫里弄了出来,还编了一个历史故事来证实所有权,接着翡翠球被带到国外,以此来酬谢苏联的一位朋友,是吗?"

"也不完全是。如果想要酬谢这个人,完全可以给那个人的银行户头转上一大笔,没必要这么大费周章,还承担一定的风险。"

"但是把它卖出去了,也能得到一大笔钱,是吗?"

"肯定。"

"那按照你的估计,这个东西在索斯比拍卖行能拍到多少?"

"不好说。沃茨基的价格肯定会报得特别高,而且他们当然也不愿意告诉别人顶价究竟是多少。不管是自己收藏,还是帮其他顾客交易,他们根本不会透露价格底细,最后的价格肯定取决于价高者。不管怎么样,我敢说不会低于10万英镑。"

"嗯。"M局长咬着嘴角,"确实是个昂贵的东西。"

范肖博士面对M局长直言不讳让人觉得很没有涵养。他瞪着对方:"我亲爱的先生,那你认为被盗走的哥雅,在索斯比拍卖行卖到 14 万英镑,后来被国家美术馆收藏,只是一个昂贵的东西吗?在你眼里,不过就是些油布和颜料?"

M 局长有些尴尬:"请原谅,范肖博士,我是个军人,嘴比较笨,对艺术品没有鉴赏能力,对金钱也没有太高的欲望。我就是个海军军官,工资够用就行。我的意思不过是对拍卖行的天价感到不可思议罢了。"

"你可以保留你的观点,先生。"范肖博士愤愤不平地说道。

邦德觉得自己应该替 M 局长解解围,让范肖博士离开办公室,以便他俩自己可以从情报人员的角度来讨论这桩奇异的买卖。于是,他站起身来,对 M 局长说:"好吧,先生,我想我已经了解得够清楚了。事情简单明了,毫无疑问,我们情报局会出现一位特别幸运的女士,却给范肖博士带来了这么多的麻烦。"他转向范肖博士,"需要给您派辆车送您回去吗?"

"不,谢谢,非常感谢。我更愿意从公园里步行回去。"

他们又握了握手,说完再会,邦德送范肖博士出了门。然后,他回到房间。M 局长正在翻阅从抽屉里拿出的文件,都是标注着红星的绝密卷宗。邦德拉过椅子,坐下静静等待。房里一片寂静,只有纸页翻过的声音。M 局长从蓝色的公文夹中小心地抽出一张纸,上面标注了密密麻麻的文字。

过了好一会儿,他终于从文件中抬起了头:"是的。"他的蓝眼睛由于兴奋而闪闪发亮,"都对得上。这个姑娘是 1935 年出生在巴黎的。战争期间,她母亲是抵抗运动的积极分子,在'郁金香'的逃离之路上给予了很大的帮助。战后,她考上了巴黎大学,毕业进了海军大使馆当翻译。后来的事,你都知道了。很不幸,她遭遇过多次强奸,是她母亲的老朋友,也就是一些抵抗分子干的。后来这些人为苏联内务部效力,同时也把她控制了起来。毋庸置疑,为了服从上级的命令,她申请了英国国籍,大使馆证明了她的清白,同时由于她母亲在抵抗运动中的出色表现,让她在1959年获得了英国国籍。就在那年春天,英国外交部把她推荐给我们。可是与此同时,她犯了一个大错。来这儿之前,她休了一年的假。跟着,哈钦森谍报系统就向我们报告,说她在列宁格勒间谍学校进行系统学习。很容易假设,她在那里接受了专门的间谍培训。所以,00机构还专门为她设置了紫色密码。后面的事你也知道了,她一直在总部为苏联国家安全委员会卖命,整整工作了三年。现在,她得到了奖赏——价值10万英镑的翡翠球。很有意思,一是苏联国家安全委员会完全被紫色密码唬住了,否则他们怎么会愿意拿出翡翠球来交易?不过这倒是个很不错的消息,意味着我们可以利用它来发布假消息,甚至还可以不断升级。比如先弄一些三级材料,再上升至二级。还有一点,它解释了我们一直无法理解的事。这个女孩的收入在格林米尔斯只有一个账号,上面每个月的薪水大概是50英镑,是她的全部生活费。但是现在我们知道,她突然拥有了一笔巨款,真是太让人心满意足了。"

M局长在烟灰缸上弹了弹烟灰,这个烟灰缸是用十二英寸炮弹壳做成的。他倒出烟灰,脸上的表情很是满意,特别是在这样一个下午时分,工作上总算有点成效。

邦德有点坐不住了,他很想抽上一支香烟。因为他有些恍惚,想要别人帮他理一理思路,毕竟这个问题有些地方还不是特别清楚。他温和地问:"先生,我们调查出了她的直接领导人吗?她是怎样得到指令的?"

"不需要知道。"M局长有点不耐烦,忙着又抖了抖烟斗,"自从她掌握紫色密码后,就需要尽全力来保住现有的这份工作。现在,她每天都会向上级发送六次紫色密码,他们还会给她什么具体的指令呢?我甚至都怀疑伦敦的苏联国家安全委员会成员是否知道她的存在,或许某个大使或官员知道,但正如你所说,我们并不知道他是谁。给我双眼睛,让我把他揪出来吧。"

邦德的脑袋突然闪现灵光,那里似乎出现了一部放映机,出现了清晰的电影画面。他一字一顿地说:"说不定在索斯比的拍卖上,我们能够把他找出来。"

"你究竟在说什么,007?别拐弯抹角,解释一下。"

"好的,先生。"邦德的声音无比镇定,"你记得范肖博士刚才提到的叫顶价的家伙吗?肯定会有人施加压力,让沃茨基的交易商把价格抬到顶点。如果苏联人正如范肖博士所说,对法贝热知之甚少,那他们就不会知道这颗翡翠球真正的价值。苏联压根儿就不会明白这玩意儿值多少,可能觉得最多一两万英镑罢了。那么,这种盘算对发了笔小小横财的姑娘而言,会更有意义。如果大使是唯一知道这位姑娘的长官,那他也就是唯一一个知道这个姑娘是在领取酬金的人。所以,他就是那个报顶价的人。他一定会去索斯比拍卖行,并把拍卖的交易哄抬到顶峰。我敢保证一定会是这样。如此一来,他的身份也就完全暴露了,我们可以趁此机会将他送回老家!哼,他还不知道是怎么回事呢!当然苏联方面也不会知道。如果让我去拍卖行,我一定设法让他露面。最好先在那边安装一个摄像头,把整个过程拍下来。再把录影带送到英国外交部,让外交部宣布他为不受欢迎的人,并在一星期之内遣返。不过,这个大使的位置无关紧要,苏联出不了几个月,又会派一个新人来。"

M局长深思片刻,赞同地点点头:"嗯,或许你在那儿还真能发现点儿什么。"他转了转椅子,透过大大的窗户望向外面,俯瞰着伦敦这座城市的轮廓。最后,他转过头来说道:"好吧,007。去跟上级报告一下,我们干起来吧!我会先跟情报五处协调,毕竟这是他们的分内事。但是只要我们抓住了鸟儿,就不会有任何麻烦。不过,你在拍卖行得悠着点儿,我可没那么多钱交给你去玩。"

邦德回答:"不会的,先生。"他起身走出了房间。他为自己刚才的聪明沾沾自喜,急切想看看事态的发展是否真如自己所料。当然,他更不想让M局长改变主意。

沃茨基珠宝店非常时尚,充满了现代的气息,它位于总督大街138号。橱窗里的珠宝陈列有古代的,也有现代的,显得有些低调,让人看不出这是世界上最大的法贝热珠宝交易商店。门厅里铺着灰色的地毯,墙上用梧桐树的图案进行镶嵌装饰,另外还有几个排列得并不整齐的展示柜。卡地亚、布龙或范克里夫这些大珠宝店,总是无比地奢华与热闹。而在这里,唯一夺人眼球的是那一连串闻名的皇家特许证,包括玛丽女王、伊丽莎白二世母亲、希腊国王保罗以及丹麦国王费德烈九世等等。只有这些才显示出这家珠宝店的

The diamond smugglers

非同一般。

邦德在找肯尼思·斯诺曼先生。他长相和善、衣着得体，40岁上下。邦德看见他时，正坐在一个房间里与几个人谈论着什么。看见邦德，他就起身走了过来。

邦德开门见山："我在刑事侦缉部效力。我们能好好谈谈吗？你可以先查看我的证件。我叫詹姆斯·邦德，你也可以直接向罗纳德·瓦兰斯先生及他的助手询问。我的直属机构并非苏格兰场，只是一种联络性的工作。"

邦德的眼睛机智、敏锐，丝毫没有审讯时把人看穿的那种犀利。斯诺曼微笑："到楼下来，刚才正和几位美国朋友聊了聊，他们都是这里的回头客，从第五大街的'古老俄罗斯'商号来的。"

"我知道那个地方。"邦德回应，"那里到处都是不错的雕塑，离皮埃尔不远。"

"是的。"看起来斯诺曼先生更放心了。他带路走下一段铺着厚地毯的狭窄楼梯，来到了宽敞明亮、金光灿灿的房间。很显然，这才是珠宝店真正的陈列室。黄金、钻石、玉器在墙上灯光的照射下，显得光彩夺目、耀眼异常。

"请坐，来支烟吗？"

邦德自己拿出一支烟："关于明天在索斯比拍卖行的法贝热珠宝，那颗翡翠球，我正是为它而来。"

"哦，原来如此。"斯诺曼先生皱起眉头，神色有些紧张，"不会有什么麻烦吧？"

"这个问题不用操心，我们关注的是拍卖过程。我们知道这个珠宝的拥有者是玛利亚·弗罗伊登施泰因小姐,我们认为有人会借机抬高价格,而我们想要知道谁是那个在你之后叫价的人。不过,也得你们商行先占得头彩才行。"

"嗯,不错。"斯诺曼先生带着谨慎的神情,"我们肯定想得到它。但是,也得准备付上一大笔钱。我就告诉你一个人吧,在 V 和 A 之间竞价,或许背后还藏了一个大主教。不过,你是不是在追踪某个盗贼?如果是这样,你无须担心,他们是做不到的。"

邦德回答:"不,我们并非在寻找盗贼。"突然,他不知道该怎么跟眼前这个人解释。人就是这样,对于自己的秘密非常谨慎,但是他人的秘密,就不以为然了。邦德顺手拿起桌上一个木头和象牙制成的座右铭,上面刻道:

毫无价值,毫无价值,买家都这样讲。
但是当他离去后,他会觉得价值连城。

邦德觉得这句话很有意思。他说:"就这么句话,你可以读出集市、商人和顾客的全部历史。"他看着斯诺曼先生的眼睛,"我需要的正是那种嗅觉和直觉,你愿意助我一臂之力吗?"

"当然。但是你得告诉我,我该怎样帮助你。"他摆摆手,"如果你担心的是秘密,大可不必,珠宝商都会守口如瓶。苏格兰场的警察应该能理解我们,这么多年,我们之间打的交道可不少。"

"那如果我告诉你我是从国防部来的呢?"

"一视同仁。"斯诺曼先生说,"你完全可以信赖我。"

邦德想了想,点点头:"好吧,所有的程序都得按照官方保密条款履行。当然,我们怀疑那个竞价者可能是个苏联间谍。我的任务就是确定他的身份。除此之外,我恐怕无法再告诉你更多了,实际上,其他的你也没有必要知道。我想做的,就是明天晚上同你一起去索斯比拍卖行,你要帮我揪出那家伙,这恐怕没什么酬劳,但是我们确实真心实意地感激你。"

肯尼思·斯诺曼先生的眼睛由于兴奋而闪光:"当然,不管什么方式,能为您效劳真是太高兴了。但是,"他看起来有些犹豫,"你知道,事情可能并不会一帆风顺。彼得·威尔森是索斯比拍卖行的老板,这次他将亲自主持拍卖。所以说,如果竞价者不愿意透露自己的身份,他自始至终不露面都可以。竞拍的方式多种多样,有时什么都不做也同样能达到目的。只要在拍卖之前,竞拍人用他自己的方法,与彼得·威尔森商定好叫价方式和暗号,彼得便不会向其他人透露,其他人也自然而然无法竞逐。你可以想象一下,那正是拍卖场上的秘密。当然了,如果我们一起,那么即使拍卖一千次也不会发生这种事。我对自己的最高价心里有数,或许会一直遥遥领先,这是我的工作,我也是代客户出价的。但是如果我能提前知道对方的顶价,那就再好不过了。事实上,你刚才告诉我的消息真是太好了,我会建议我的客户,要他再狠心一点,因为精明的对手会下手更狠,会一再强迫我把价格抬得越来越高。更何况,拍卖现场并非我一家叫价。听起来,明晚将是一个声势浩大的夜晚。他们在电视上打了广告,邀请了所有的百万富翁、公爵及公爵夫人都来观看索斯比拍卖行无须彩排的节目。这场宣传真棒啊!天哪,要是他们知道还有间谍混在交易中,会多么震惊!那么,还有其他别的事吗?只要找到这个人就行了吗?"

"就那些。你认为这玩意儿最高价是多少?"

斯诺曼先生用金笔敲着牙齿:"好吧,你瞧,关于这一点我什么也不能透露。我知道自己的顶价是多少,但这是我客户的秘密。"他停下来想了想,"我只能说,它远远不止10万英镑这个价。"

"明白了。"邦德回答,"那现在,我怎样进入拍卖行?"

斯诺曼先生拿出一个精致的鳄鱼皮夹子,抽出了两张请柬,递了一张给邦德:"这是我太太的,我给她预留了一个座位。B5,前排中间,绝佳位置。我在B6。"

邦德拿起请柬,上面写着:

索斯比拍卖行

精美宝石首饰盒(一个)

以及

卡尔·法贝热的稀世珍宝(一件)

敬请光临拍卖大厅

六月二十日(星期二)晚九点三十分

入口:圣乔治大街

"不是邦德街的老乔治亚入口。"斯诺曼先生补充道,"邦德街是一条单行道,所以他们把入口设在了后门,还为此搭了一个遮阳篷,铺了红地毯。"他从椅子上站起来,"你想看看法贝热的珍品吗?

我这儿有几件,是我父亲在1927年从克里姆林宫带回来的。你看过之后就会知道这次拍卖为什么会引起如此之大的轰动。因为所有法贝热的爱好者都知道,这些远远不能够跟翡翠球相提并论,就更不用说那颗复活节金蛋了。"

詹姆斯·邦德被钻石、金光灿灿的黄金和珐琅瓷搅得脑袋发昏,好不容易看完之后,他走出了总督大街的"阿拉丁洞窟",回到白厅附近自己的办公室,打发这一天剩余的时光。在房间里,他制订了详尽的计划,只为给那个人拍照。可他到现在都还没露面,身份也没有浮出水面。是的,邦德要揪出来,揪出这个在伦敦的苏联间谍。

第二天,邦德一直很兴奋。他找了个借口去通讯处,装作若无其事的样子,进入玛利亚·弗罗伊登施泰因小姐的小办公室,看见两个助手正在用密码机发送紫色密码。他随手拿起一份绝密文件(邦德在总部能够自由查阅绝大部分的绝密文件),快速而细致地扫扫经过编辑的内容。大概半小时之后,这份文件就会由华盛顿中央情报局的某位办事员接收,处理完后堆到一沓文件之中。而在莫斯科,这些破译后的文件则会郑重其事地交到苏联国家安全委员会的最高官员手中。邦德与两个年轻的姑娘开起玩笑,但是玛利亚·弗罗伊登施泰因看见他,只是礼貌地笑笑。邦德浑身起了一层鸡皮疙瘩,他想到一身洁白的褶边军服下,竟然隐藏着这样一个肮脏卑鄙的人,就觉得不舒服。这个女人缺乏魅力,皮肤上满是粉刺,黑色的头发,脸上毫无生气。这样一个姑娘不会受人喜欢的,她没什么朋友,自卑感很强,作为一个私生子,她骨子里带着对社会的偏见。

可能她生命里唯一的快乐就是自己扁平的胸部里藏着的那些秘密，并且引以为傲，以为自己比周围的人要聪明得多。就这样，她每一天都在用自己的方式反抗着这个社会，因为这个社会对她的鄙视和无视，让她充满了报复心理。

邦德穿过走廊，回到自己的办公室。就在今晚，这个姑娘会得到一笔很大的财富。这些金钱足以改变她的性格，给她带来幸福。她可以买最棒的首饰，最漂亮的衣服，甚至一套不错的公寓。但是M局长曾说过，他会在紫色密码上增加等级，所以也会让她自己处于更加危险的境地。假的毕竟是假的，经不住推敲的假情报，苏联方迟早会发现端倪。他们一旦知道自己像猴一样被人整整玩了三年，这样的羞辱一定会让他们采取迅速极端的报复。他们会假想，这女人一直是双重间谍，她为英国效力，也为苏联卖命。很快，她会受到惩罚，就在一天前，邦德读到的氰化手枪说不定就会被用来对付她。

邦德通过窗户望向援救公园的绿树，不由得耸了耸肩。感谢上帝，这不关他的事。这位姑娘的命运并非掌握在他手中，是她自己卷进了肮脏的特务系统。不过她非常幸运，短短几小时后，在拍卖场就会得到一大笔财富，但是就算她想享受其中的十分之一，恐怕也无法活着消受。

索斯比拍卖行背后的乔治大街，小汽车和出租车已经堵成了长龙。邦德付了出租车费，跟着人群进了遮阳篷，又上了台阶。他将请柬递给穿制服的门卫，拿回了一份目录后，便随着打扮得非常时尚、情绪高昂的人们走进了宽敞的楼梯，穿过长廊进入拍卖场。这里已经水泄不通了。邦德找到斯诺曼旁边的座位,他正伏在膝盖上写价格便笺,听到声音,匆匆抬头看了邦德一眼。

拍卖场有网球场那么大,顶上的两个大吊灯与旁边的连串小灯交相辉映,显得古色古香。玻璃房顶用遮帘子挡了一部分,使得柔和的灯光同日光在一起不那么刺眼,好让下午的拍卖会顺利进行。四周的墙壁是橄榄绿色的,上面挂满了价值不菲的名画和挂毯,后面是扛着摄像机等器材的电视、报刊等媒体记者。当然,情报五处的工作人员拿着《星期天日报》的记者证,举着照相机也混在其中。上百的商人和观众坐在烫金的小椅子上,他们的注意力都集中在身材挺拔、穿着得体的拍卖商身上。他此刻正站在实木主持台前,穿着干净的晚礼服,扣眼里插了一朵红色的康乃馨。他礼貌地主持着拍卖会,声音没有一丝波澜,也没有一个手势。

"1.5 万镑,1.6 万镑。"他停顿了一下,看了看前排的某人。"该你了,先生。"一个目录卡举了起来,"我出价 1.7 万镑,1.8,1.9,2 万镑。"不起波澜的声音又响起来,不急不慌,而下面的观众席也对这种单调枯燥的语句习以为常。

"他在拍什么?"邦德打开目录,问道。

"40 号。"斯诺曼先生说,"黑色天鹅绒上面展示的钻石项链。可能会拍到 2.5 万镑,一个意大利人和一个法国人叫上了价。否则,2 万镑就可以买下了。我只出到 1.5 万镑,还是很喜欢的,钻石很不错,不过价格高了点。"

果不其然,最后的价格落在了 2.5 万镑,小木槌砰的一声,结束了钻石项链的拍卖。"恭喜获得,先生。"彼得·威尔森先生说,一个伙计立刻跑下长廊,去核实那位出价人的身份。

"我有点儿失望。"邦德说。

斯诺曼先生从目录上抬起头:"为什么呢?"

"我以前从没来过拍卖会现场,还以为拍卖商会举着他的木槌,梆梆梆敲三次,嘴里不停地念叨'快,快,快',搞得现场气氛热烈,以此给竞价者们最后一次机会。"

斯诺曼先生笑起来:"那种方式应该在各郡和爱尔兰还能看见,但是就我所参加的伦敦拍卖场,都不是那种方式。"

"真遗憾,那种还挺有喜剧效果的。"

"一分钟后你就会得到满足,这是正式开幕前的最后一点前奏。"

这时,一个小伙计端上一只黑天鹅绒的托盘,揭开了罩布,一堆闪闪发光的红宝石和钻石顿时展现在观众眼前。邦德看了看目录,上面写着:"41号",底下印着一大段文字进行介绍:

> 一对精美而贵重的红宝石及钻石镶嵌手镯。
>
> 每只手镯上面呈现椭圆形图案,上面由一大两小三颗红宝石构成,均由钻石镶边。它的旁边及背面仍是椭圆形图案,浪花形的花纹沿边雕刻。正中间有一枚红宝石,它嵌在黄金之中,周围是由小粒红宝石和钻石组成的花纹。
>
> 这件拍卖物属于传家之宝,最早为菲茨赫伯特夫人所有。这位夫人生活在1756至1837年之间,与威尔士王子,也就是后来的乔治四世完婚。1905年,得到皇家的许可后,顾资银行

在1833年打开了封存的文件袋,里面装着结婚证书及其他证明。

这对手镯应该是菲茨赫伯特夫人赠送给她侄女的,奥尔良公爵形容她是"英格兰最漂亮的姑娘"。

拍卖继续。邦德离开座位,穿过通道来到拍卖场的后面,这儿有一些观众正往新画廊和入口大厅拥过去,以便观看闭路电视上的拍卖实况转播。他不动声色地观察人群,想要从中辨识出他所知道的两百多个在苏联大使馆工作的面孔。这几天,他挨个儿研究这些人。这些观众的身份混杂,有交易商,有收藏家,他甚至还专门找了报纸杂志上的八卦专栏,才对这些人的特征一一区分开来。有一两个鹅黄的面孔应该是俄国人,但也有可能带着一半欧洲血统。在这里,还有一些人戴着深色的墨镜,但是深色墨镜已不再是伪装的小道具了。邦德回到自己的座位,估计在翡翠球开拍前,这个人都会隐藏得极深。

"我出1.4万,1.5万,1.6万。"小木槌落下,"恭喜这位先生。"

人群中发出激动的嘘声和翻动目录的簌簌声。斯诺曼先生的前额冒出一颗颗小汗珠,他掏出白丝绸手帕擦了擦,转向邦德:"恐怕现在只能靠你自己了,我必须要集中注意力去竞价。不管怎么说,我不好扭头去看谁是竞争对手,那样实在有失体统。如果他坐在前面,我还能够找到他,但是现在看来他不在前排。虽然这里坐满了交易商,你还是要仔细观察周围。要加倍注意彼得·威尔森的目光,追随他看的方向,或谁一直盯着他看。你必须锁定这个人,保持不动声色地注意这个人的所有举动，哪怕是最细微的也不能放过，包括他挠头、拉耳朵或别的什么动作，这些都可能是他和彼得·威尔士之间的暗号。当然，他恐怕不会做任何明显的动作，比如说举目录卡等等，你明白我的意思吗？要记住，他可能一直都不会有什么大动作，直到我的价格让他满意，他才会停下来。到时，就看你的了。"斯诺曼先生笑道，"进行到最后阶段的时刻，我会让他不得不亮出底牌。当然，这还得是最后只剩我和他在竞价。"他神秘兮兮地凑过来，"我认为你也想输赢在我和他之间诞生。"

这个男人的脸上流露出自信的表情，让邦德深知斯诺曼先生已经得到买家的指示，不惜任何代价，一定要得到翡翠球。

一个高高的黑色天鹅绒的支架被抬出来，上面有一个精美的白天鹅绒的椭圆形盒子，放在了主持人的面前，整个拍卖场顿时变得鸦雀无声。一个老职员，穿着灰色制服，戴着红白的袖套和衣领，系着黑色皮带，谨慎地走过来打开了盒子，拿出了 42 号珠宝，并将它放在黑色的天鹅绒上，随手取走了盒子。精美的翡翠球放在底座上，像一团耀眼的绿火，颗颗宝石镶满了整个球形表面，在灯光的映射下，闪烁着五彩斑斓的光辉。此时，所有的观众，甚至坐在拍卖场后台的书记员和珠宝专家，都禁不住发出一阵赞叹。这些人见多识广，对欧洲的皇家宝石早已见怪不怪，可是此时见识到他们眼前的宝球，都忍不住倾斜身体探到前面，想一睹它的风采。

邦德翻开目录，上面用粗体字和华丽丽的散文来描述这一珍宝：

42号:非常精贵的法贝热地球仪

1917年,卡尔·法贝热为某位俄国绅士设计制作。现在是这位绅士孙女的私有财产。

这件珍宝由十分罕见的西伯利亚大翡翠雕刻而成,重约1300克拉,光彩夺目,晶莹剔透,按照地球仪的造型制作。下面的支架同样异常精美,是旋涡形态的底架,属于法国路易十五时期的风格。整个作品用黄金雕镂,上面镶嵌着玫瑰色钻石和红宝石,整体形成座钟造型。座架的周围,有六个用黄金雕刻的丘比特小天使,云朵是无色水晶,边缘的优美线条则是小小的玫瑰色钻石。球体本身,是一幅囊括万千城市的世界地图,每一个城市都是以璀璨的钻石来表示。球体自身运转,由乔治·莫热设计,这是靠着基座里的发条完成的。在这个地球仪上,还有一条金带环绕,金带上面涂着牡蛎白珐琅釉,经纬线使用凹纹珐琅。底座的钟面还用深灰色的珐琅标注了罗马字母,代表时间。正中间有一颗五克拉的五角星形的深红色宝石,代表时针。高度:7.5英寸,鉴定员:亨里克·威格斯特姆。该珠宝配有椭圆形白色天鹅绒首饰盒,里面有一把金钥匙,为座钟上的发条。

法贝热为这一伟大的球体构思激动了整整十五年,该地球仪曾作为馆藏收藏在皇家桑德灵厄姆宫(参见《卡尔·法贝热的艺术》,插图第280幅,肯尼斯·斯诺曼著)。

威尔森先生简短地扫了一眼拍卖厅后,温柔地敲了敲小木槌。"42号,卡尔·法贝热的艺术作品。"他停了停,又说,"底价2万镑。"

斯诺曼先生凑近邦德的耳朵:"这就意味着有人至少出到了5万,现在只不过调调大家的气氛。"目录卡不停地翻动,"3万,4万,5万。现在,6万,7万,8万。现在,9万了。"主持人停下来,有人叫出来:"我出10万。"

拍卖场里响起一阵欢呼。摄影机对准一个年轻人,他在左边的观众席的高台上,那里一共有三个人,还有一个正在悄声讲电话。斯诺曼先生解释说:"这个年轻人是索斯比拍卖行的小职员,他一定在同美国人通电话,我估计是大都会拍卖行在竞价,也有可能是其他人。现在该我出场了。"斯诺曼先生拍了拍发卷的目录。

"11万,"主持人说,那个讲电话的年轻人点点头,"12万。"

斯诺曼先生又拍了拍。

"13万。"

看起来讲电话的年轻人不停地对着话筒说话,或许在跟买主不停地探讨目前不断上涨的价格。然后,他朝着主持人轻轻地摇了摇头,彼得·威尔森转开了目光,在拍卖场里巡视。

"目前叫价13万。"他不带情绪地重复。

斯诺曼先生又凑近邦德悄悄地说:"现在,你最好留心观察。看起来美国人已经放弃了,该你说的那个人来和我对决了。"

邦德站了起来悄悄走到记者中间,这个位置在拍卖场的左边角落。威尔森的眼睛直勾勾地看着拍卖场的右边角落,邦德发现没什么动静。此时主持人喊道:"14万镑。"他看了看斯诺曼先生,见他犹豫了一下,举起了五个指头,邦德意识到他开始加价了,但是面露的一丝为难情绪,也说明差不多到了他的极限。

"14.5万镑。"威尔森先生尖锐的目光再次扫过拍卖场的后排,邦德仍然没有发现动静,但是价格再次发生改变,"15万镑。"

观众席上爆发出嗡嗡的评论声以及稀稀拉拉的掌声。斯诺曼先生的反应更加犹豫,主持人两次重复新一轮叫价。最后,他直接看向斯诺曼先生:"你呢,先生?"终于,斯诺曼先生再次伸出了五个指头。

"15.5万镑。"

邦德开始出汗,他明白现在已经接近了竞价的尾声,而他还没把这个人找出来,主持人又开始重复着报价。

此刻,邦德终于发现了一个非常细微的动作。在大厅的后排,一个穿着深色西装的矮胖男人,他举起手摘下了深色的墨镜。一张无法形容的圆滑的面容露了出来,这张脸可能是个银行经理,或者医生的。但是这个小动作一定是与主持人事先定好的暗号,一旦他戴着墨镜,主持人就一万镑一万镑地加价,一旦摘下,他就宣布停止加价。

邦德迅速扫了一眼旁边的摄影师,是的,情报五处的工作人员已经机警地捕捉到了这一幕,他举起照相机,迅速把那人拍了下来。邦德回到自己的座位,悄悄告诉斯诺曼:"我已经抓到他了,明天我们再具体聊,非常感谢您。"斯诺曼先生只是点点头,目光死死地盯住主持人。

邦德溜了出来,快步走下长廊,这时,他听到主持人第三次重复报价:"15.5万镑。"然后,他轻轻落下小木槌,"恭喜拥有,先生。"

观众们全都站了起来,大声地欢呼着。邦德来到拍卖场的后排,看见那个男人重新把墨镜戴在了脸上,邦德也戴上墨镜遮住自己的脸。闹哄哄的人群走下楼梯时,邦德尽量靠在那人身后。他看见这个人的头发很长,已经留到了后颈窝,耳朵轮廓向内,几乎贴到了头部。他还有轻微的驼背,或许骨头有点畸形。邦德灵光一现,这不是彼得·马利诺夫斯基吗?苏联大使馆的农业参赞,是的,就是他!

来到拍卖场外面,那个男人迅速往康德维特大街走去。邦德上了一辆无牌照出租车,汽车立刻发动,朝前开去,邦德对司机说:"就是他,放轻松点儿。"

"是,先生。"情报五处的司机回答,把车开上了车道。

那个人在邦德大街叫了一辆出租车,街上交通混乱,让跟踪轻松了不少。邦德注意到,这辆载着苏联人的出租车去了公园的北边,沿着贝斯瓦特街一路前行。邦德有点兴奋,现在就等着看那家伙是否通过秘密入口进入肯斯顿王宫花园了。它左边的第一所建筑物正是苏联大使馆。如果进去了,事情就明明白白了。毋庸置疑,大使馆前的两个巡逻警察也必定是精心挑选出来的,他们此时的工作正是为了证实前面出租车里的乘客是否进入了苏联大使馆。

由于邦德和情报五处的摄影人员带回的秘密证据,不久后外交部就认定大使彼得·马利诺夫斯基为苏联间谍,并宣称他是不受欢迎的人,立刻遣返回国。也就是说,在这场间谍游戏中,苏联人又损失了一名得力干将。拍卖场的拜访真是太值了!

前面的出租车在意料之中拐入了庞大的铁门。

邦德脸上挂着满意的笑容,他向前微微倾身:"谢谢,司机。请回总部。"